中外机智人物故事大观丛书

教皇中计

欧洲、美洲机智人物故事选

祁连休　冯志华　编选

河北出版传媒集团　河北教育出版社

图书在版编目（CIP）数据

教皇中计：欧洲、美洲机智人物故事选 / 祁连休，
冯志华编选. —— 石家庄：河北教育出版社，2014.6（2022.11重印）
（中外机智人物故事大观丛书）
ISBN 978-7-5545-1213-5

Ⅰ．①教… Ⅱ．①祁… ②冯… Ⅲ．①民间故事－作
品集－欧洲②民间故事－作品集－美洲 Ⅳ．①I17

中国版本图书馆CIP数据核字(2014)第128287号

书　　名	**教皇中计**
	——欧洲、美洲机智人物故事选

作　　者	祁连休　冯志华
策　　划	郝建国
责任编辑	刘书芳
装帧设计	慈立群
出版发行	河北出版传媒集团
	河北教育出版社 http://www.hbep.com
	（石家庄市联盟路705号，050061）
印　　制	保定市铭泰达印刷有限公司
开　　本	787mm×1092mm　1/16
印　　张	7.5
字　　数	111千字
版　　次	2014年7月第1版
印　　次	2022年11月第2次印刷
书　　号	ISBN 978-7-5545-1213-5
定　　价	15.00元

前　言

　　机智人物故事是世界各国民间故事中一个颇为引人注目的门类。这一门类的民间故事，是由一个特定的富有智慧的故事主人公贯穿起来的故事群的总称。这些故事群的主人公，有的有生活原型，有的并无生活原型，而是出自艺术虚构；有的属于劳动者型，包括奴隶型、农奴型、农夫型、村姑型、牧民型、渔民型、雇工型、仆役型、工匠型、矿工型、游民型等，有的属于非劳动者型，包括官吏型、文人型、才媛型、讼师型、艺人型、衙役型等。无论属于何种类型，这些故事群的主人公都机捷多谋，诙谐善谑，敢于傲视权贵，常以机智的手段调侃、播弄、惩治邪恶势力，扶危济困，并且嘲讽各种愚昧落后的现象，为民众津津乐道。这一类人物形象，往往在一个地区、一个民族、一个国家广为人知，成为民众心目中"智慧的化身"；有的甚至在全球传播，被誉为民间文学中的"世界的形象"。各国各民族的机智人物故事，尽管内容比较庞杂，瑕瑜并存，但大多数作品是积极的、健康的。它们大都以写实手法再现社会生活，富有喜剧色彩，蕴含着人民群众的幽默感，洋溢着笑的乐趣，具有一定的社会意义和美学价值。

　　中国的机智人物故事源远流长，蕴藏极其丰富。早在两千多年前的春秋时期，就出现过晏子这样的著名机智人物。晏子的趣闻逸事，至今仍然让人感到饶有兴味。此后的各个时期，也有不少机智人物故事流传。到了现当代，中国的机智人物故事更是层出不穷，迄今已在汉族和四十多个少数民族中发现了九百五六十个机智人物故事群。这些机智人物故事群，少则十数篇、数十篇，多则一二百篇、三四百篇，其中不乏影响较大的故事主人公，不乏精彩的、耐人寻味的篇什。从历史渊源的久远，从作品的数量和质量，从故事主人公艺术形象及其广泛的代表性诸方面来考察和衡量，中国的机智人物故事在世界范围内是不多见的。

除了中国以外，机智人物故事在亚洲、欧洲、非洲、美洲等地亦有流传。就地区而言，以亚洲较为突出；就国家而言，以土耳其、伊朗、阿富汗、印度、印度尼西亚、泰国、哈萨克斯坦、蒙古、日本、朝鲜、德国、保加利亚、罗马尼亚较为突出；就机智人物形象而言，以阿拉伯的朱哈、阿布·纳瓦斯，土耳其、伊朗、阿富汗和中亚细亚的霍加·纳斯列丁（毛拉·纳斯尔丁、纳斯尔丁·阿凡提），印度的比尔巴，印度尼西亚的卡巴延，泰国的西特诺猜，哈萨克斯坦的阿尔达尔·科塞，蒙古的巴岱、日本的吉四六，朝鲜的金先达，德国的厄伦史皮格尔，保加利亚的希特尔·彼得，罗马尼亚的帕卡拉等较为突出。

我们编选的"中外机智人物故事大观丛书"，旨在全面介绍世界各国的机智人物故事，借以引起读者对这一类民间故事的兴趣。此套丛书共有十册：《捉弄和珅——中国古代机智人物故事选》《奇怪的家具——中国汉族劳动者机智人物故事选》《智斗太守——中国汉族文人机智人物故事选》《反穿朝服见皇上——中国汉族官宦、讼师机智人物故事选》《国王有四条腿——中国西北少数民族机智人物故事选》《佛爷偷糌粑——中国东北西南少数民族机智人物故事选》《巧审"大善人"——中国云贵川少数民族机智人物故事选》《教国王的黄牛诵经——中近东、北非机智人物故事选》《巧断珍宝失窃案——亚洲机智人物故事选》《教皇中计——欧洲、美洲机智人物故事选》。本书即其中的一册。

倘若读者通过本书，通过这一套"中外机智人物故事大观丛书"，能够增进对于古今中外机智人物故事的了解，并且从中获得艺术欣赏的乐趣，我们将感到无比欣慰。

编　者

2012 年冬于北京

目　　录

厄伦史皮格尔的故事

（德国）

○·····○

梯尔·厄伦史皮格尔，亦译作梯尔·欧伦施皮格尔，是德国民间故事中著名的机智人物。据说实有其人，生活在 14 世纪的北部德国农村。以他为主人公的一系列笑话、趣闻、轶事，最早见于 1515 年出版的《梯尔·厄伦史皮格尔》。他常以一个外貌愚鲁的庄稼汉的形象出现，无论走到哪里，他都要捉弄当地的统治者、剥削者，嘲弄形形色色的自私、愚昧的人物，用智慧和计谋使他们处于难堪的境地。有时他也喜欢搞恶作剧，拿善良的人们开心。这个人物不但在德国家喻户晓，而且在整个欧洲也广为人知。理查德·施特劳斯曾就其故事谱写出交响诗《梯尔·厄伦史皮格尔的恶作剧》（1895 年）。这里选入的作品，译自《梯尔·厄伦史皮格尔》一书。

○·····○

一个高傲自负的大夫受到愚弄

马格德堡有一位主教叫布鲁诺，是奎尔富特的一位伯爵。他看见厄伦史皮格尔的布告，便叫人把他请到吉比兴施泰因来。主教非常喜欢厄伦史皮格尔讲的滑稽故事，给了他一些衣服和钱。仆人们都很喜欢他，跟他开了许多玩笑。主教身边有一位大夫。此人自以为学识渊博，足智多谋，因而对主教宫廷中的仆役不怀好感。这位大夫表示，他讨厌自己周围的傻瓜。于是他对主教及其顾问们说："出于某些原因，老爷们的宫廷应雇用聪明人，而不应雇请如此一伙笨蛋。"

对此，骑士对宫廷的仆役说，大夫的看法根本不对。谁不喜欢愚蠢的人，满可以离开愚蠢的人，没有人被迫去靠拢傻子。大夫反驳说："愚人靠拢笨家伙，智者亲近聪明人；倘若侯爵们身边有多位智囊，那么智者就是他们的榜样；要是他们身边的都是些草包，那么他们只能学习愚蠢。"一些人当即说道："自以为聪明的人常受傻瓜的欺骗。老爷们和侯爵们理应在他们的宫廷里雇用各种各样的平民百姓。因为他们靠着蠢材才能激发某些幻想。老爷们在哪里，蠢材们喜欢在哪里。"于是骑士们和宫廷侍臣们来到厄伦史皮格尔那里，专心致志地看他的布告，请求他搞一个恶作剧，借以使那个大夫为他的学识付出代价，他们愿意协助他，主教也乐意助他一臂之力。厄伦史皮格尔听了他们的要求后说道："高尚的人和骑士们，你们愿意协助我，好的，那个大夫应当付出代价。"最终这件事情，他们取得了一致意见。厄伦史皮格尔特意离开了一段时间，他思考了如何同那位大夫一起生活。不久后他又回到吉比兴施泰因。因为主教的那位贴身大夫常常身患重病，服药很多，厄伦史皮格尔便乔装打扮，冒充医生。骑士们于是对那大夫说："来了一位医术高明的大夫。"

那位大夫不认识厄伦史皮格尔。他去小客栈把厄伦史皮格尔接到城堡里，彼此交谈起来。那位大夫对新来的"医生"说："你若是能够治好我的病，我愿意好好酬谢你。"厄伦史皮格尔像医生们惯常说的那样回答他，并同他约定个时间，说自己需要有个夜晚睡在他身旁，以便可以更好地观察他的病情。"因为我想在你去睡觉前给你吃点儿东西，使你出汗，从汗中可看出你患的到底是什么病。"那位大大深信他所讲的一切都是千真万确的。于是同厄伦史皮格尔一起上了床。

这样厄伦史皮格尔便给大夫一包烈性泻药吃。大夫以为他吃了这东西就会出汗，却不知道这是烈性泻药。厄伦史皮格尔出去搬了一块空心的石头回来，往石洞里拉了一泡屎，然后把这块装有粪便的空心石头放在墙壁与大夫之间的床板上。大夫躺在靠墙的一面，空心石中粪便散发的臭气引起了他的注意，他不得不转过身来对着厄伦史皮格尔。这时，厄伦史皮格尔悄悄放出一个臭屁，令人特别恶心。而当大夫再翻过身来时，空心石中粪便的臭气又向他袭来。

随后泻药发生急剧、强烈的效力，大夫把自己弄得浑身肮脏，臭气熏天，令人作呕。这时厄伦史皮格尔对大夫说："尊敬的大夫，你的汗发出恶臭已很久了，你流出这些汗，觉得怎样？你的汗臭不可闻。"大夫心想，这我也闻到了。可是他已周身发出恶臭，几乎无法说话。厄伦史皮格尔说道："你务必静静地躺着，我想去取灯来，这样我才能看看你到底怎样？"他趁机爬起来离开卧室，悄悄溜走了。

天亮时大夫才见到墙边床板上放着的那块空心石。他病得很重，以致他的面容被难闻的粪便玷污了。骑士们和宫廷侍臣们都来了，他们见到了大夫，都给他道声早安。大夫说话有气无力，无法很好地答话。他躺在大厅里的一把长椅上，头垫在枕头上。宫廷侍臣们把主教叫来，他们问大夫，那医生待他怎样。大夫说道："我受一个恶棍欺压太甚。我原以为他是一位精通药物的医生，谁知他是个喜欢搞恶作剧的家伙。"于是，他一五一十地讲述了自己的遭遇。主教和所有宫廷侍臣听了都忍不住捧腹大笑。他们说："事情完全是由你的话惹起来的。你说过，人们不应为傻子们操心，因为要是聪明人的身边都是些笨蛋，他也会变得愚蠢。可是你瞧，有人通过笨伯们变得明智起来。那医生就是厄伦史皮格尔，你不认识他，你相信了他。你被他欺骗了。但是我们熟识他，喜欢他的胡闹，不过我们不愿意警告你，因为你说自己很聪明。可谁都不是那么聪明，你也应该了解傻子们，倘若谁都不是傻子，那么人们从哪儿了解聪明人呢？"大夫默默无言，对此不能再抱怨了。

包治百病的神医

某一个时候，厄伦史皮格尔来到纽伦堡，他在各教堂的大门上和在市政府处都张贴了告示，谎称他是个包治百病的高明医生。很多病人都住在一家新医院里。医院的管事很想解脱这些病人，乐于见到他们恢复健康。

管事去见厄伦史皮格尔，问他能否治好病人的病？若能，他会得到很好的报答。厄伦史皮格尔说，倘若管事答应支付他二百古尔登①，他愿帮助患者们离开病榻。医院管事答应给他钱，只要他替病人们把病治好。厄伦史皮格尔欣然表示：要是他无法使病人们离开病榻，那么他分文不取。医院管事喜出望外，随即给了他二十古尔登。于是厄伦史皮格尔带着两个男仆步入医院。他向每个病人一一询问其病情，末了，在他离开病人时，他对每个病人都这样恳求说："我向你透露的事，你要守口如瓶，严守秘密。"久病不愈的老病号对厄伦史皮格尔深信不疑，答应了他提出的要求。随后他郑重其事地对每个病人说："要我帮你们恢复健康，那我是无能为力的。除非我把你们中的一人烧成灰，把这些灰分给其他人冲服。我务必这样做。因此，我将把你们这里病得最重、不能走路的人烧成灰，借此替其他人治病。把你们大家统统都叫起来后，我就去把医院管事找来，我将站在医院的大门口高声呼喊：'谁没有病，火速出来，可不要为贪睡而误了大事！'因为最后一个必须承担其后果。"

通知出院的那天，当厄伦史皮格尔按照他确定的时间呼喊时，病人们挂着拐杖或拖着两条瘸脚纷纷离开医院，因为没有人愿意做最后一个。他们中有些人已经十年卧床不起了。等到全部病人都已出去，医院空空如也时，厄伦史皮格尔要求医院管事付给他报酬，并且说，他还得赶到遥远的地方去。管事给了他余下的钱作为酬谢，他随即策马离开了纽伦堡。

但是三天后病人们个个又回来诉说自己的病症。医院管事于是问道："这是怎么回事啊？我毕竟找来了一位高明的医生，他帮你们治好了病，你们个个都已出院。"病人们对医院管事说，那人如何威胁他们：当他呼喊的时候，谁最后走出医院大门，谁就要被他烧成灰。医院管事这时才恍然大悟，这是厄伦史皮格尔搞的骗局。但他早已离开此地了。于是，病人们又住进了医院，犹如从前那样，可是钱却要不回来了。

---

① 古尔登：德国古代银币单位。

塔楼号手

此后不久，厄伦史皮格尔来到安哈尔特伯爵①处。他被雇用为塔楼号手。伯爵有不少敌人，因此他在小城和宫廷②中配备了许多骑士廷臣，每天都得供给这些人膳食。厄伦史皮格尔在塔楼瞭望台上被人忘却了：没有人给他送饭。同一天又发生了这样的事：伯爵的敌人来到小城和宫廷前，把母牛统统赶走了。厄伦史皮格尔躺在塔楼上，从窗口望出去，却一声不吭，既不吹号，也不呼喊。伯爵听到嘈杂声，于是便带领他的人马追赶。一些人朝塔楼上面看去，只见厄伦史皮格尔正躺在窗口里笑。这时伯爵向他嚷道："你如此安安静静地躺在窗口里，怎么回事呢？"厄伦史皮格尔向下面嚷道："为了吃饭的缘故，我不乐意喊叫或做其他活动。"伯爵向他嚷道："你不愿吹响号角宣告敌人来了吗？"厄伦史皮格尔又喊道："我可没有权利以号角把敌手招来，田野上平日尽是牛群，可现在一部分母牛已走掉了，倘若我以号角把更多的敌人招来，他们会打进您的城里去的。"这番话讲完，伯爵同他的人马即去追赶敌人，厄伦史皮格尔吃饭的事又被人忘记了。伯爵从敌人那里也夺回来一群牲口，为此一段时间内感到心满意足，他吩咐他的人杀猪宰羊，把猪羊砍成碎块，做烤猪、烤羊。

厄伦史皮格尔在塔楼上琢磨着，他怎样也能得到一些战利品，因此他很注意吃饭这个机会。开饭的时间一到，他便开始呼喊和吹号："敌人，敌人！"伯爵同他的人马急匆匆地离开饭桌（因为饭菜放在桌上），穿上铠甲，拿起武器，瞬即朝城门冲去，窥看一下田野，然后追赶敌人。这时厄伦史皮格尔敏捷而迅速地离开塔楼，跑到伯爵的饭桌旁，拿了桌上的烤肉和他喜欢的东西，然后又匆匆地跑回塔楼。骑士们和宫廷侍从们来到田野上，根本没

---

① 安哈尔特伯爵：指伯恩哈德伯爵二世，他于1318年获得侯爵头衔，曾卷入许多争斗。

② 小城和宫廷：在故事发生的地方——贝恩堡，宫廷里有座约一千年的古塔，它取名厄伦史皮格尔。那里还保存有一个玻璃制的号角碎片、一顶黑色的长毛绒帽子、一件大衣和一口陶制的缸，据说这些东西都与厄伦史皮格尔有关。

有听见敌人的声音，大家异口同声地说："塔楼看守人开了个玩笑。"于是又进城回家去了。伯爵对厄伦史皮格尔嚷道："真荒唐，你疯了吗?"厄伦史皮格尔答道："老爷，鄙人并没有任何恶意，只不过是饥饿使人想出的某种奸计罢了。"伯爵说道："为什么敌人并没有来而你却吹起号角宣告敌人来了?"厄伦史皮格尔答道："因为没有敌人来这儿，我得以号角把一些敌人招来。"这时伯爵说："你如此狡辩!敌人来了，你不愿吹号;敌人不来，你却吹号宣告敌人来了。这正是背叛行径。"于是伯爵撤了厄伦史皮格尔的职，雇用另一个人做塔楼号手以取代他，厄伦史皮格尔得要作为一个奴仆和其他廷臣一样步行。

他为此闷闷不乐，巴不得离开那儿，却又不能幸运地离去。每当他们出发，向敌人开去的时候，他常常顾及自身的安全，总是最后一个走出城门，而在他们打完了仗又回家的时候，他则经常是头一个走进城门。这样伯爵就对他说:出征的时候，他常常是队伍中的最后一个，而在回家的时候，他则是头一个，他应该如何理解他这种举动呢。厄伦史皮格尔答道："你且不要生气，因为当你和你的宫廷侍臣们都在吃饭的时候，我却坐在塔楼上忍饥挨饿，因此我很软弱无力。倘若要我带头向敌人进发，那么我就得弥补过去蒙受的损失，做到头一个入席，最后一个离席，以便我再度强壮起来。这样我愿意带头冲向敌人，最后一个归来。"伯爵听了很高兴，便说:"你做我的仆人的时间不会长了。"他随即给了厄伦史皮格尔假期。厄伦史皮格尔感到特别开心，因为他不乐意每天去跟敌人打仗。

满腹经纶的大学者[①]

厄伦史皮格尔离开了马尔堡后来到波希米亚[②]的布拉格。其时波希米亚

---

① 这篇故事从《阿米斯神甫的逸闻趣事》移植过来，自古希腊罗马时期起，此故事的题材常在世界文学中被采用。

② 波希米亚:捷克斯洛伐克西部地区的旧称，原是日耳曼语对于捷克区的名称。

还有虔诚的基督教徒，英国的威克利夫①就在那儿宣讲异端邪说，并通过约翰·胡斯加以传播。厄伦史皮格尔冒充一个赫赫有名的大师，扬言他能解答别的名家无法回答的疑难问题。他请人把这个意思写在纸条上，张贴到各教堂门口和高等学府的教学楼。这使校长大为恼火，使教员们乃至整个大学都很反感。他们聚首一堂，商议向厄伦史皮格尔提出一些他无法解答的难题。要是他经不起考问，那么他们就可以使他丢脸。大家赞同这样做，商定由校长提出问题，并派校役去通知厄伦史皮格尔第二天到会，向全校师生回答所提出的问题。厄伦史皮格尔对校役说："告诉你的主人们，我愿意做这样的事，并希望作为一个虔诚的人能经受住考验，就像我很久以前做的那样。"

次日，所有教师和学者都聚集在一起。厄伦史皮格尔带着他的店主和要好的伙计以及一些市民一起来，以防备大学生们的袭击。当他走上讲台回答问题时，校长向他提出了头一个问题：他得说清并以事实为根据证明，海水有多少斗？要是他不能解答这问题，那么他们就把他当作一名不学无术的艺术敌人来斥责和惩罚。对于这个问题，他利索地回答道："尊贵的校长先生，你若能命令从四面八方流入海洋的水停止流动，那么我乐意为你测量，证实海水的容量，向你说出真情，此事易如反掌。"

校长无法让流水停住，只好放弃了这个问题。校长难为情地站着，又提出另一个问题："你说，从亚当时代到今天已过去了多少天？"厄伦史皮格尔立刻答道："仅有七天，这七天过去了，另一个七天便开始了。这种情况将持续到世界末日。"

校长提出第三个问题："你马上说说，世界中心在哪里？"厄伦史皮格尔答道："中心就在这儿，这儿是世界的正中心。这是千真万确的，你不妨叫人用一条绳子测量一下，倘若差之毫厘，就算我错了。"校长宁肯免去厄伦史皮格尔回答问题，也不愿进行测量。

接着，校长怒气冲冲地向厄伦史皮格尔提出第四个问题："你说，从地

---

① 威克利夫（1324—1384），英国宗教改革的先驱。他的学说传播到德国和波希米亚，约翰·胡斯因传播他的学说，于1415年被当作异端处死。

上到天上有多远?"厄伦史皮格尔回答道:"离这儿不远。有人在天上讲话和呼喊,这儿底下可以听得见。你攀登上去,我在这儿下面轻声呼喊,你在天上能听得见,要是你听不见我呼喊,我愿意当众承认错误。"

校长对他的回答感到满意,便问他第五个问题:"天空有多宽阔?"厄伦史皮格尔马上答道:"一千寻①宽,一千肘高,这是不会错的。你要是不信,就把日月和一切天体从天空挪开,好好地测量一下。尽管你不乐意这样做,你仍会认为我是对的。"

他们该说什么呢?厄伦史皮格尔无所不知,大家都得同意他的意见。他没有花费多久的时间就以狡猾战胜了学者们。之后厄伦史皮格尔离开了那座高等学府,向爱尔福特走去。

冒充画家

厄伦史皮格尔东游西逛,几乎游遍了萨克森州。接着,他又来到黑森州,前往马尔堡,到了侯爵的宫廷。侯爵老爷问他有什么本领。他答道:"先生,我是位画家,像我这样的画家许多州都找不到,因为我的艺术品超群出众,出类拔萃。"侯爵说:"让我们来看看你的作品。"厄伦史皮格尔说:"好吧,先生。"于是他从自己的口袋里把他在佛兰德买来的一些亚麻布和艺术品拿出来给侯爵看。

侯爵老爷很喜欢这些东西,就对他说:"亲爱的师傅,你乐意为我们的大厅画画儿吗?画黑森侯爵们的身世,画他们同匈牙利王和其他王侯与老爷们持久的友情。你希望得到什么呢?愿你替我们画得极其精致,犹如你经常能够做到的那样。"厄伦史皮格尔答道:"阁下规定我要做的,这要花费四百古尔登。"侯爵说道:"画师,你只要把画儿画好,我们愿意好好酬谢你,同时赠送你一份厚礼。"

厄伦史皮格尔答应下来了,不过侯爵得先给他一百古尔登,以便他购买

---

① 寻:德国古时长度单位,即两臂水平伸直的长度,约1.90米。

颜料，雇用伙计。正当厄伦史皮格尔同三个伙计想要着手工作的时候，他向侯爵提出一个条件，就是在他和他的助手工作时，任何人都不得进入大厅来，以免妨碍他的艺术创作。侯爵同意了他的要求。厄伦史皮格尔把他的想法告诉了他的伙计们：不管他怎样干，他们都要守口如瓶，严守秘密。他们可以不干活，却可拿到工钱，他们的头号任务是下棋对弈。伙计们点头同意了。虽游手好闲却仍可挣到工钱，他们又何乐而不为呢！

过了三四个星期，侯爵要求看看这位师傅与他的伙伴们到底画了些什么，所画的与样品是否一样精美，于是便对厄伦史皮格尔说道："啊，亲爱的画师，我们很想观看一下你的作品，我们希望能跟你一起进入大厅去看看你的画儿。"厄伦史皮格尔说道："好吧，先生，可是有一点我想对阁下说清楚：谁跟阁下一起去观看油画，谁要不是经过明婚正配生养的，他就不可能看见我的油画。"侯爵说道："画师，这有点儿那个了。"他们步入了大厅。厄伦史皮格尔已把一幅他本该在上面绘画的长长的亚麻布张挂在墙上。这时他将这幅画布往身后稍稍扯了一下，就用一根白色的小棍指着墙上说："你瞧，先生，这是黑森的第一位侯爵，曾是罗马的一位显贵，侯爵夫人性格温顺，是后来当了皇帝的查士丁尼的女儿，成为拜恩的一位女公爵。你瞧，先生，这一位生了阿道夫，阿道夫生了黑发威廉，威廉生了虔诚的路德维希，直到侯爵阁下。我确实知道，我的绘画技巧如此娴熟，如此高超，颜色和神情都如此好看，无人能对它说三道四。"侯爵看到的无非是白色的墙壁，他心里想："难道我竟是妓女所生的孩子？可我见到的只不过是一堵白色的墙壁。"然而为了不引起不良后果，他只好说："亲爱的画师，我对你的作品感到很满意．不过我缺乏足够的理解力，无法加以辨认。"他一边说一边从大厅里走出来。

侯爵来到侯爵夫人那里，她问他："啊，老爷，您所欢迎的画家到底画了些什么？您已经观看过了，您喜欢他的作品吗？我不大信任他，他像是个狡猾的家伙！"侯爵说道："亲爱的夫人，我很喜欢他的作品，你对他可要公正啊。""老爷，"她说道，"我们一定要去看看他的画儿吗？""是的，遵照画师的意愿要去。"

她派人把厄伦史皮格尔请去，也要求看看油画。厄伦史皮格尔像对侯爵那样对她说：谁不是经过明婚正配生养的，就不可能看见他的作品。这样她就带领八个少女和一个傻女子走进大厅。厄伦史皮格尔再次把那幅布往身后拉扯一下，便对侯爵夫人逐个讲述侯爵们的出身。但是侯爵夫人和少女们个个都哑口无言，噤若寒蝉。无人敢于褒贬这幅油画。她们个个都甚为遗憾，因为她们由于父亲或母亲而受到冤屈。最后，傻女子开口说话了："亲爱的画师，油画上画的我什么都没有见到，难道我是一个妓女生的孩子吗？"这时厄伦史皮格尔心想：事情不妙。要是傻瓜们说了真话，我得真的要溜走了，这样一想使他爆发出一阵大笑。就在这个时候，侯爵夫人离开了大厅，又到了她的丈夫那里。侯爵问她觉得油画怎么样。她回答说："犹如老爷一样，我也喜欢那油画。可是我们的傻女子不喜欢它，她说她没有看见油画，我们的少女们也说没有看见。"她担心这桩事情是个流氓行为。

侯爵认真考虑起此事，想到他是否已受骗上当。但是他对厄伦史皮格尔说：侯爵支持他的事情，宫廷的全部仆役都必须观看他的作品，侯爵想要看看，在他的全部骑士中到底哪些人是婚生的或者私生的；他要没收私生子的封地。这时厄伦史皮格尔走到他的伙伴们那里，给他们放假，同时还要求账房管事再支付一百古尔登，他拿到了钱就离开了。

第二天，侯爵寻找他的画家，可画家已走掉了。次日，侯爵携同他的宫廷仆役步入大厅，他询问是否有人能看见画了点儿什么东西，但谁都不能说他见到画了点儿什么。由于人人都默默不语，侯爵便说道："现在我们认识到，我们中圈套了：我从不想跟厄伦史皮格尔有什么瓜葛，尽管如此他还是到我们这里来了。我们负了二百古尔登的债，但他到底是个无赖，因此他必定会离开我们侯爵领地。"

厄伦史皮格尔逃离了马尔堡，今后不愿再搞绘画了。

教驴读书认字①

厄伦史皮格尔在布拉格成功地耍完滑头后，非常渴望到爱尔福特去，因为他担心他们追赶他。现在他之所以到爱尔福特来，是因为这里也有一所赫赫有名的大学。厄伦史皮格尔同样在这所高等学府里张贴了他的信。大学的教师们听说他诡计多端，便商议交给他个什么差事，以免再遇到像布拉格同事们那样的情况，吃亏上当。他们听从建议，打算让厄伦史皮格尔收一头驴做学生，因为爱尔福特有许多驴，既有老的，也有幼小的。他们派人把厄伦史皮格尔叫来，对他说道："先生，你张贴了想要献技的信，说你愿意在短时间内教会任何一个牲畜读书写字。这所大学的先生们想要请你收一头幼小的驴做学生。你也可以教育它吗？"厄伦史皮格尔说可以，但需要时间，因为它是个很不老实并且非常愚蠢的畜生。他们同意给他二十年时间。厄伦史皮格尔心想，可能碰到三种情况：要是校长一命呜呼，我就自由自在了；若是我回老家去了，谁愿督促我呢；倘若我的学生断气了，那我就无牵无挂了。于是，他接受了教师们的要求。他提出要以索取五百个格罗申②作为条件。他们随后给了他一些钱。

厄伦史皮格尔收容了这头驴做学生，便迁至"钟楼"旅店。老板是个古怪的人。厄伦史皮格尔为他的学生单独预订了一个棚，还取来一篇古老的赞美诗，将其放进槽里，在书页间放进若干粒燕麦。驴吃完一页书上的燕麦后便用嘴翻书，以寻找燕麦。当它在各书页间再找不到燕麦时，便"咿啊、咿啊"地叫。厄伦史皮格尔觉察到驴的这种习惯，便去向校长报告说："校长先生，你喜欢什么时候去看看我的学生在干些什么？"校长说："亲爱的教师，它也乐意接受教育吗？"厄伦史皮格尔说："它过分粗野，对它的教育对我来说是非常困难的。然而我经过很大的努力，使得它认识并且能够读出一

---

① 这篇故事也是从《阿米斯神甫的逸闻趣事》移植过来的，在世界文学中是有名的作品。

② 格罗申：德国古代银币单位。

些字母，特别是一些元音。要是你乐意跟我一道去，那么你就可以听见它发音和看见它接受教育的情景了。"

这个好学生被禁食一些时候，直到下午三点钟。厄伦史皮格尔同校长和一些教师来了，他把一本新书放到他的学生面前。这学生一见到槽里这本书，立刻翻来翻去寻找燕麦，找不到燕麦时便开始高声叫："咿啊咿啊。"这时厄伦史皮格尔便说："你瞧，亲爱的校长，I 和 A 这两个元音，现在它会读了，我希望它将来学得还要好。"

校长短时内就去世了，厄伦史皮格尔随后离开了他的学生，让它高兴去哪里就去哪里。厄伦史皮格尔带着获得的钱离去，边走边想：你要使爱尔福特所有的驴都聪明起来，这将需要许多个生命。他不想做这样的事。

以骷髅充作圣物

厄伦史皮格尔在他曾经到过的地方，都是不受欢迎的；除非他乔装打扮，无法被人认出来。有一次，他打扮成牧师的样子，领着一名学徒，带着一个镀银的骷髅来到波莫瑞地区，因为这里的牧师把酗酒看得比传教还重要。比方说，当一个村里举行教堂落成典礼纪念日或者举行婚礼或者有其他集会的时候，厄伦史皮格尔就到那里去，对那里的牧师说，他乐意布道，向农民宣布圣物的光临，大家可以抚摩圣物。所得到的献祭品，他愿意分给牧师一半。不必做事又能拿到钱，胸无点墨的牧师们对此满心欢喜。

当绝大多数民众聚集在教堂的时候，厄伦史皮格尔便登上布道台，讲些关于《旧约》的事，同时取出内藏《新约》的筒和金色的桶，桶里有吗哪①，他宣称这是极为珍贵的圣物。其间他说起圣·布兰达努斯②来，说此人是个圣徒，这里就有这位圣徒的头。他此次奉命来募集财物，以建造一座新教堂。建造教堂的财物都必须来路清白。他一生都不从那些同他人通奸的妇女

---

① 吗哪：基督教《圣经》记载，"吗哪"是以色列人从埃及撤出后经过旷野时获得的神赐食物。

② 圣·布兰达努斯：爱尔兰圣徒，相传生于 577 年。据说他曾做过多次神奇的海上航行。一篇用低地德语写的诗和 15 世纪的一部民间故事书记述了这些航行。

那里收受献祭物。这时，他高声说道："此等女流之辈，理应静静地站着，因为她们有通奸的罪过，她们即使给我奉献点什么东西，那我也是不收受的。她们在我的面前将感到难为情。据此，你们懂得该如何办了。"说罢他让民众吻他带来的头，这也许是个铁匠的头，是他从教堂墓地上捡来的。他为农夫们和农妇们祝福，从布道台走到祭坛前面，开始唱圣歌，并派人摇铃。于是，坏女人同品德好的女人都带着自己的祭品拥向祭坛，争先恐后地送上她们的献祭品。来者不拒，坏女人同品德好的女人的献祭品，厄伦史皮格尔一概收下。因此，头脑简单的妇女们对他狡猾的、奸诈的把戏都深信不疑，以为哪个女人静静地站着，她就不是虔诚的。同样没有钱的女人，也会献出一枚金戒指或者一枚银戒指。每个人都注意旁人是否也做了贡献。已做了贡献的女人认为自己的名誉得到了证实，从而不必再恶狠狠地大叫大嚷了。也有些人献祭过两三次，以求民众看到她们的虔诚，并借以消除由于愤怒叫嚷而引起的内疚。

厄伦史皮格尔收到了数量极为可观的献祭品，类似的情况以前从未听说过。拿走了献祭品后，他利用自己的影响要求所有供奉过他的人，都不应再同流氓行径有瓜葛。因为人们已完全摆脱同流氓行径的关系。因此妇女们皆大欢喜。所到之处，厄伦史皮格尔都进行说教，因此发了财。人们都把他看作一名虔诚的传教士。他就是这样掩盖了自己的卑劣行径。

教皇①中计

厄伦史皮格尔以其能蒙混过关的狡猾本领获得了圣职。做过各种各样狡诈试验后，他想起一句古老的谚语："虔敬者去罗马，废物再回来。"这样他就到罗马去了。到那儿他依然要滑头，戏弄他人。他住进一家小客栈里。老板娘见厄伦史皮格尔是位美男子，便问他从哪儿来。厄伦史皮格尔说，他从萨克森来，是个德国人。他之所以来罗马，是想同教皇交谈。那样老板娘

---

① 教皇：指利奥十世（1475—1521），自1513年起为教皇。

就说："朋友，你希望拜见教皇，可我不知道怎么能同他交谈。我在这里土生土长，并且出身于最高贵的家族，却从未能同他谈话。你怎能一蹴而就呢？要是我能跟他交谈，我愿交出一百杜卡特①。"厄伦史皮格尔说道："亲爱的老板娘，我以为我把您带到教皇面前，让您跟他说说话，那是上帝的旨意，您愿意给我一百杜卡特吗？"这位女人见教皇心切，倘若他成全此事，她一定给他一百杜卡特。但她认为他不能成事，因为她非常清楚，这需要花费许多气力和劳动。厄伦史皮格尔答道："亲爱的老板娘，照这么说，完事大吉后，我就可要求得到一百杜卡特了。"她表示同意，可她心里想：你自己还未同教皇见过面呢。

厄伦史皮格尔等待着时机，因为教皇每四个礼拜就得在小教堂——这里称它为圣·约翰内斯·拉特兰宫②的耶路撒冷举行一次弥撒。弥撒开始后，厄伦史皮格尔即挤进小教堂，尽可能靠近教皇。而当教皇做小弥撒③的时候，他就背对着圣餐。主教们目睹了这种情况，当教皇举杯祝福的时候，厄伦史皮格尔再次转过身来。弥撒结束后，主教们即向教皇报告说，有个漂亮的男子来望弥撒，在做小弥撒时却背对着祭坛。教皇说道："务必过问此事，因为此事伤害神圣的教堂。要是不惩罚这个不信教者，那就是亵渎神明；此人干了这样的事情，说明他不信宗教，并非虔诚的基督教徒，那是可怕的。"他吩咐把此人带到他那儿去。

差役们去对厄伦史皮格尔说，他务必到教皇那儿去。于是，厄伦史皮格尔与差役们一起来到教皇面前。教皇问他是个什么人？厄伦史皮格尔说他是个虔敬的基督教徒。教皇问他信仰什么？铁闻厄伦史皮格尔答道，他的老板娘的信仰就是他的信仰，并说出了她的名字，随后她就出了名了。因此教皇希望这个女人来谒见他。

教皇见到这女人时便问她信仰什么。女人说道，她信仰基督教，并且认真对待神圣基督教教会要求她做的和禁止她做的事情。站在一旁的厄伦史皮

---

① 杜卡特：14—15世纪欧洲通用货币。

② 拉特兰宫：当时的罗马教皇宫殿。

③ 小弥撒：弥撒中的一个仪式，没有音乐。

格尔很拘谨地鞠鞠躬，说："最仁慈的神甫，您——一切仆人的仆人，我的信仰也是这样。我是个虔诚的基督教徒。"教皇说道："为什么在做小弥撒时你背对着祭坛？"厄伦史皮格尔答道："最仁慈的神甫，我是个可怜的大罪人，我担心在我悔罪之前我不配那样做。"

教皇对厄伦史皮格尔的回答感到满意，于是还他自由，并返回自己的宫殿去，厄伦史皮格尔则返回他的小客栈去，敦促他的老板娘交出一百杜卡特来，这些钱她务必给他。厄伦史皮格尔始终是个老狐狸，罗马之行也没有使他改邪归正。

骏马与镶嵌珍珠的外套

在基森布吕克①村庄的阿塞堡法院②，厄伦史皮格尔并未对恶作剧感到厌烦。当地住着一位牧师，他有个漂亮的女侍者，另外还有一匹清洁的小骏马。骏马和女仆，两者牧师都很喜欢。那时不伦瑞克③公爵来到基森布吕克，通过他人把牧师请来，要求牧师把马送给他，他愿把比马的价值更高的东西给他以作补偿。牧师始终拒绝公爵的要求，因为他非常喜欢那骏马，舍不得离开它。由于法院隶属于不伦瑞克参议院，公爵无法把牧师的马要走。

厄伦史皮格尔听说这桩事情后就对公爵说："仁慈的老爷，我把马从基森布吕克牧师那儿弄来，你愿意送给我什么？"公爵说："要是你能办成此事，我愿把我现在穿着的这件外套送给你。"那是一件红色的镶嵌珍珠的丝织物。厄伦史皮格尔接受了这一条件，从沃尔芬比特骑马进村到牧师处留宿。牧师全家都熟悉他，因为他从前经常来这儿，所以受到欢迎。

待了三天后，厄伦史皮格尔装成生病的样子，高声呻吟，卧病在床。牧师和他的女仆为此感到烦恼，不知事情该怎样办。后来厄伦史皮格尔病得很重，以致牧师请求和劝告他向他忏悔，并吃点儿晚餐。厄伦史皮格尔有气无

---

① 基森布吕克：在沃尔芬比特尔的东南。

② 阿塞堡法院：阿塞堡（位于沃尔芬比特尔东南）宫殿与法院于1354年抵押给不伦瑞克市。

③ 不伦瑞克：今属德国下萨克森州。

力地对牧师说，他犯下的罪行无非一条，可他不能向他忏悔这桩罪行，希望牧师为他请另一位牧师来，他愿向他忏悔他的罪行。因为如果他向他坦白他的罪行，他担心他会为此而怒火中烧。牧师听他这么一说，以为隐瞒着什么，他也想知道怎么回事。于是他便说道："亲爱的厄伦史皮格尔，路途遥远，我无法立刻把另一位牧师请来。倘若你在此期间死了，从而耽误了事情，那么你和我都对上帝犯了罪恶。你把事情对我说了吧，罪恶可能不太深重，我愿意赦免了你的罪。我要是生气，那有什么关系呢。我不必把你的忏悔说出去。"

于是，厄伦史皮格尔便说："啊，亲爱的牧师，我知道你会为此大发雷霆，然而我感觉到并且担心，我得很快离开这儿。我愿意向你坦白，你将要暴跳如雷，或者生气。亲爱的神甫，事情是这样：我同你的女仆睡过觉。"牧师问睡过几次。厄伦史皮格尔说："仅有五次。"牧师心想：为此她该有五个肿块。他很快就赦免了厄伦史皮格尔。他走进下房要他的女仆到他这儿来，问她是否跟厄伦史皮格尔睡过觉。女仆否认此事，说那是谎言。牧师说道，厄伦史皮格尔向他坦白了此事，他是相信的。她说没有此事，牧师便抓起一根棍子，把她打得鼻青脸肿。厄伦史皮格尔躺在床上笑，心里想，把戏即将成功，他即将行使他的权利。第二天早上他起来说，他得到别的州去，这会更好。牧师跟他算着账，脑子里却糊里糊涂，他不知道自己在干什么，不知收了钱还是没有收钱。但只要厄伦史皮格尔离开这儿，还有由于他的缘故而挨揍的女仆也离开这儿，牧师就心满意足了。

厄伦史皮格尔临走时对牧师说："牧师，我已劝告你不要公开我的忏悔，可是你没有这样做。我要去哈尔伯施塔特，到公爵那儿揭露你。"牧师听说厄伦史皮格尔将要给他制造麻烦，就非常真诚地请求他保守秘密。要是他不控告他，他愿意给他二十个古尔登。厄伦史皮格尔说道："不行，要隐瞒此事，就是给一百个古尔登我也不干。我要去把事情说出来，这是无可厚非的。"牧师噙着眼泪请求女仆去问问厄伦史皮格尔，他该给他什么东西，由她转给他。厄伦史皮格尔终于开口说话了：要是他给他那匹马，他就守口如瓶，不向他人告发。除了马，他什么也不想要。牧师爱马如命，他宁愿交出他的全部现金而不愿抛弃他的马。但是，危难迫使他不得不把马交给厄伦史皮格尔，让他骑马离开。

厄伦史皮格尔骑着牧师的马向沃尔芬比特尔奔去。他来到水坝，站在吊桥上的公爵看见他骑马跑来。公爵脱掉那件曾许与厄伦史皮格尔的外套，走到他跟前说："你瞧，我亲爱的厄伦史皮格尔，这就是我许与你的那件外套。"厄伦史皮格尔从马上跳下来说："仁慈的老爷，这是您的马。"他非常感激公爵，向他讲述了他怎样从牧师那儿把马弄来。公爵听完后高兴地笑了，他除了给厄伦史皮格尔外套外，还给他另一匹马。牧师因为失去了骏马而闷闷不乐，经常发脾气，痛打女仆，女仆因此而离开了他。到头来他落得个鸡飞蛋打，既丢了骏马，又失了女仆。

指鹿为马①

厄伦史皮格尔任何时候都想吃煮的东西和烤的东西，因此他得要看看到哪里能得到。有时候他会去乌厄尔铅②的集市里，许多索布人和农夫都到那儿去。他走来走去，每个地方都看看能做些什么。他见到一个农夫买了一块绿色伦敦布，想要带回家去。厄伦史皮格尔考虑他如何把这块布骗取过来，于是便打听农夫是哪个村的人。他把一位苏格兰牧师和一位轻浮的伙计叫来，与他们一起离城来到那农夫回家的必经之路，并做这样的考虑：农夫带着那块绿布走来时，他俩要如何替厄伦史皮格尔说话，硬说布是蓝色的；他俩相隔要半亩地远，都是朝城市的方向走去。

那个农夫正要离城把布带回家去，厄伦史皮格尔跟他攀谈起来，问他这块漂亮的蓝布是从哪儿买的。农夫答道，布是绿色的，而不是蓝色的。厄伦史皮格尔说，布是蓝色的，他愿把二十个古尔登做赌注，前面将要过来的那个人能够辨认绿色和蓝色，可以告诉他是什么颜色，这样他们就没有什么可

抱怨的了。说完厄伦史皮格尔给头一个人一个暗号，要他过来。农夫对这个人说："朋友，我们俩对这块布的颜色看法不同。你说真话，此布是绿色的还是蓝色的？我们愿意以你对我们所说的颜色为准。"此人张口就说："这是一块非常漂亮的蓝布。"农夫说道："不对，你们俩都是恶棍，你们也许合伙欺骗我。"这时厄伦史皮格尔说："你瞧，我说对了，好吧。不管这位正在走过的虔诚的牧师对我们说什么，他的话对我的利弊得失如何，我都愿意接受。愿意就此善罢甘休。"农夫对他这番话也感到心满意足。

牧师走近他时，厄伦史皮格尔说："先生，老实说，这块布是什么颜色的？"牧师说："朋友，这你自己也看得见。"农夫说："是的，先生，确实是这样，可是这两个人想要说服我，我知道这纯粹是谎言。"牧师说："我跟你们的争执有何相干？我干吗要管它是黑色的还是白色的呢？"农夫说："啊呀，亲爱的先生，我请求你为我们做出裁决。"牧师说："你们既然希望做出裁决，那我只能断定这块布是蓝色的。"厄伦史皮格尔说："你听见了牧师的话了吧？布是我的了。"农夫说："先生，倘若你不是被授予圣职的牧师，我真以为你在撒谎，你们三人都是恶棍。但是你既然是位神甫，那么我得相信你的话。"于是把布给了厄伦史皮格尔和他的伙计们，他们穿上了用这块布做成的防寒衣裳，而农夫只得穿着他那件破烂的外套。

一场泼奶战

在不来梅，厄伦史皮格尔做了些离奇可笑的事情。他到不来梅时，见到农妇们把许多牛奶送到市场上。在一个送奶多的赶集日，他弄到一个大木桶，将它放在市场上收购牛奶，让大家把牛奶倒进木桶里，然后记下每个农妇的牛奶数量。他在围成圈子的妇女中四处登记，她们得等他把牛奶收购完后，才能够付给她们奶钱。

妇女们在集市上围坐成一个圆圈。厄伦史皮格尔见奶就买，直到没有妇女送奶来为止，那个大木桶几乎盛满了牛奶。这时厄伦史皮格尔走来骂骂咧咧地说："这一回我囊空如洗，不名一文。谁不愿意等候十天，可以从大木桶里把她的牛奶取走。"一边说一边走掉了。农妇们吵吵嚷嚷，这个说她有多少牛奶，那个说她有多少牛奶，如此等等，以致妇女们相互扭打起来，并且相互投掷提桶、小桶和瓶子，向他人眼睛里、衣服上泼奶，把奶倒到地上，此情此景，仿佛下了一场奶雨。

市民们和所有目睹这番情景的人，都嘲笑这场恶作剧，嘲笑那些来集市的农妇，而厄伦史皮格尔却因为他的狡黠而备受夸奖。

稀奇的施舍

厄伦史皮格尔向着一个地势较低的州漫游，某个时候又来到汉诺威，在这儿又搞了许多离奇的冒险活动。一天，他骑马兜风来到城门前，遇见了十二个盲人。他迎着他们骑去，问道："你们这些瞎子从哪儿来的？"盲人们站立着，听出他坐在马上，以为他是个老实人，便脱帽致敬，说："亲爱的贵族少爷，我们方才在城里，那儿有个富翁死了，有人为他做追思弥撒，分发施舍。今天的天气真冷！"厄伦史皮格尔对盲人们说："天寒地冻，我担心你们冻僵了。你们瞧，这儿有十二个古尔登。你们再次进城去吧，我是从那儿的客栈骑马来的。"于是把这家客栈告诉他们，接着又说，"我认为这十二个古尔登你们要花到今冬过去，这样你们才能免遭严寒袭击，又可以漫游。"盲人们向他频频鞠躬道谢，每个盲人都以为其他人拿了钱，甲以为乙拿了，乙以为丙拿了，丙以为丁拿了，最后一个以为头一个拿了。他们走进城里，来到厄伦史皮格尔所指明的那家客栈。进入客栈时，所有这些盲人都说，有位善良男子骑马来到他们面前，给了他们十二个古尔登，他认为这些钱可以花费到冬去春来。

老板见钱眼开，马上接待了他们，根本没有想到询问一下，他们当中是谁拿了那十二个古尔登。他为盲人们砍柴烧饭，让他们吃喝，直到他觉得他们已把十二个古尔登花费完了。这时他来对盲人们说："亲爱的弟兄们，我们想结一下账，十二个古尔登已花得精光了。"盲人们都表示同意，每个人都招呼他人把拿到的十二个古尔登交出来支付给老板。这个人说没有拿到古尔登，那个人说没有拿到古尔登，第三个人也说没有拿到，第四个人也这样说，最后一个人同头一个人一样，都说没拿到十二个古尔登。盲人们抓耳挠腮，因为他们受骗上当了。老板的心情也是这样，他坐着，心想：你若把他们放走，那就不会给你支付膳食费；你若把他们继续留下来，他们还要吃喝消费更多的东西，他们依然两手空空，因此你的损失将是加倍的。于是把他们赶到后面的猪圈里，将他们关在里面，给他们送去稻草。

厄伦史皮格尔心想，该到盲人们花完那笔钱的时候了，于是便乔装打扮，骑马进城，走进客栈找那位店主。当他走进院子，想要把马拴在马厩里时，见到盲人们躺在猪圈里面，于是进屋里对老板说："老板先生，你让可怜的盲人这样躺在畜厩里，这到底是什么意思？他们所吃的东西有损于他们的身体和生命，难道这不引起你同情吗？"老板答道："我曾想让他们所有人的尿都流到一起，我曾支付了伙食费用。"接着便对他从头到尾讲了他本人如何受盲人们的欺骗。厄伦史皮格尔说："怎么，他们不想要人担保吗？"老板心想，哦，要是我现在有个担保人该多好呢。于是便说："朋友，倘能有某个担保人，我就接受他担保，让不幸的盲人们离开。"厄伦史皮格尔说："好吧，我愿意在全城为你物色个担保人。"

于是厄伦史皮格尔去对牧师说："我亲爱的、知心的牧师先生，你乐意做个好朋友吗？我这里的老板自今晚起着了魔，他请你为他作法驱除鬼怪。"牧师说："好的，我愿意，但他得要等候一两天。这种事情，人们总想仓促行事。"厄伦史皮格尔对他说："我想去把他的妻子叫来，你把话对她本人说。"牧师答道："好吧，你让她到这儿来吧。"

于是厄伦史皮格尔又去对老板说："我为你找到了一位保人，他就是你这儿的牧师，他愿发誓把你该得到的给你。这样，你让你的太太跟我一起到他那儿去，他愿向她应承此事。"老板欣然同意，便派他的妻子跟他一起到牧师那儿去。在牧师家里，厄伦史皮格尔说："牧师先生，老板娘来了，就像你对我许愿的那样，你亲自对她说吧。"牧师说："好的，我亲爱的太太，推迟一两天，我愿意帮他的忙。"老板娘表示同意，便跟厄伦史皮格尔一起回家，对她的当家的把事情说了。老板听了很高兴，便让盲人们走了。厄伦史皮格尔也悄悄地从那儿溜掉啦。

第三天，老板娘又去牧师家，敦促他交出十二个古尔登，这些钱是盲人们花费掉的。牧师说："亲爱的太太，你的当家的是这样吩咐你要钱的吗？"老板娘说："是的。"牧师答道："恶魔们想钱，这就是它们的特性。"老板娘说："他并非恶魔，你向他支付伙食费吧。"牧师说："他对我说过，你的当家的着了魔。你帮我把他叫来，我愿意借助上帝让他摆脱恶魔。"老板娘说："恶棍惯于这样做，撒谎者在该付钱的时候也这样做。假如我的户主着了魔，那你今天就应该察觉到呀。"说完便跑回家，把牧师说的话对老板说了。老板准备了武器，跑到牧师大院去。牧师见此情况，一面为自己祈神赐福，一面请邻居来救助："我亲爱的邻居们，快来帮帮我的忙呀！你们瞧，这个人着了魔。"老板说："牧师，你要记住自己的诺言，给我付钱！"牧师站着为自己祝福。老板想要揍他，农夫们站到他俩中间，毫不费劲地把他俩拉开了。

纠纷持续下去，只要牧师还活着，老板就不断催他支付盲人们的全部伙食费用。牧师说，不是他欠他的债，而是他着了魔，他愿意帮他很快地驱除鬼神。只要他俩还在人世，事情就没完没了。

教训口出狂言的店主

艾斯莱本有个旅店店主，自以为胆大包天，并为自己是个大老板而心满意足。在大雪纷飞的冬日，厄伦史皮格尔住进了他的旅店。三个想要去纽伦堡的商人，在深夜时刻来到旅店。老板口齿伶俐，用急促的言辞欢迎这三位商贾，问他们从哪儿来，怎么旅途中耽误那么久，这么晚才到旅店来？商客们说："老板先生，你不可这样指责我们，我们旅途中遇到了惊险的事情：一只狼给我们造成了许多痛苦，它在沼泽地里袭击我们，我们不得不同它搏斗。这使我们途中耽误了这么久。"老板听了他们的话后冷言相讥，说他们让一只狼耽误了旅行是个耻辱。要是他孑然一身在原野上、在沼泽地里遇到两只狼，那时他不会贪生怕死、畏首畏尾，而会打它们、驱赶它们。而他们是三条汉子，竟让一只狼惊吓住了。

整个夜晚，店主对这些买卖人都是这样冷嘲热讽，直到他们上床睡觉。厄伦史皮格尔坐在旁边，听到了老板对商人喋喋不休的戏弄。商人去睡觉，他们和厄伦史皮格尔被安置在一间卧室里。在房间里，商人们彼此交谈起来，他们想要惩罚老板，免得他再饶舌。否则，只要他们中有人来旅店，这种惹人恼火的事情就会没完没了。这时厄伦史皮格尔说："亲爱的朋友，我已觉察到了，老板是吹牛大王，倘若你们愿意听听我的意见，我乐意惩办他，使得他今后永不在你们的面前说起狼。"商人们对他说的一切感到满心欢喜，许愿要用伙食费和钱来酬谢他。厄伦史皮格尔说，他们骑马去取他们的商品，然后再返回旅店来，那时他也外出回来了，他们就该向老板报复了。事情就是这样进行的。商人们整装待发，支付了他们的生活费，也替厄伦史皮格尔付了钱，然后骑马离开旅店。老板在商人后面喋喋不休地大声嘲笑道："你们这些商贩，当心狼在草地袭击你们。"商人们答道："老板先生，谢谢你对我们的告诫。事情无非如此：要是群狼吃了我们，那我们就再回来不了，要是群狼把你吞吃了，那我们在店里再也见不到你了。"他们随即跑掉了。

厄伦史皮格尔骑马进入森林跟踪群狼。上帝赐给他运气，他果然捕获了一只。他把狼打死，让它冻僵。约莫在商人们又要返回艾斯莱本住进这家旅店的时候，厄伦史皮格尔把这只死狼装进口袋里，骑马又奔赴艾斯莱本，见到了那三位商人，就像他们约定的那样。他制服狼的事，谁都不知道。吃晚饭的时候，老板仍然嘲笑商人们怕狼。他们说，他们确实遇到过狼，要是他在草地里碰到两只狼，他是否首先抵御一只，然后打击另一只呢？老板夸夸其谈，说他要将两只狼都打成碎块。他们就狼的事情谈论了整整一个晚上，直到他们要去睡觉。厄伦史皮格尔一直默不作声，直至他进卧房来到商人中间。

在卧房里，厄伦史皮格尔对商人们说："好朋友，你们别出声，别睡觉，我想要干的事，也是你们想要干的事，请为我点燃一支蜡烛。"当老板和他所有的用人都上床睡觉的时候，厄伦史皮格尔悄悄地溜出卧室，把那只已冻僵的死狼送到灶上去，用木棍支撑起来，让它直立着，嘴张得大大的，嘴里塞进两只儿童鞋，然后返回卧室高声呼喊："老板先生!"老板尚未入睡，听见呼喊后大声问他们想要什么，是否狼又要咬他们？这时他们叫喊道："哦，亲爱的老板，你派女仆或男仆给我们送饮料来，我们渴得坐卧不安。"老板怒冲冲地说："这就是萨克森人的特性，他们日夜酗酒。"说完便呼叫女仆起床把饮料送到卧房去。女仆起来后走到炉灶旁，想要点燃一支蜡烛，抬头一看，正看见狼嘴。她大惊失色，蜡烛也掉了下来，她匆匆跑到院子去，只想到狼把孩子们吃掉了。厄伦史皮格尔和商人们继续呼叫，是否无人愿意给他们送饮料。老板以为女仆睡着了，便呼喊男仆。男仆起床后也要去点燃蜡烛。这样他也看见狼站在那儿。这时他以为狼把女仆吃掉了，便跑进地窖里。厄伦史皮格尔和商人们听见了已发生的事情，他说："真痛快，把戏今日玩得不错!"厄伦史皮格尔和商人们第三次呼喊：男仆和女仆在哪里呢？他们没有给送饮料，老板务必亲自来，并送来蜡烛，他们无法走出房间，通常他们愿意自己走。

老板没有别的想法，只以为男仆也睡着了，便爬起来，怒不可遏，喊道："难道不是魔鬼驱使他们酗酒吗?"他一边说一边在火炉旁点燃蜡烛，看见狼站立在灶上，嘴里叼着鞋，不禁惊叫起来："谋杀呀! 亲爱的朋友们，救命呀!"他一边喊叫，一边跑到商人（他们在卧房里）那里说："亲爱的朋友们，来帮帮我的忙，一只可怕的野兽站在火炉旁边，把我的孩子们，女仆和男仆统统吃掉啦!"

商人们，还有厄伦史皮格尔，很快就做好准备，他们与老板一起来到火炉旁。男仆从地窖里来了，女仆从院子里来了，老板的妻子带孩子们从卧室里来了，可见他们都还活着。厄伦史皮格尔走过去用脚把狼踢翻。狼一动不动地躺着。厄伦史皮格尔这时说道："见到一只死狼你就这样大惊小怪吗？你家中的一只死狼会咬你，会把你和你所有的用人都赶到隐蔽处？你算是个怎样的傻瓜呢？曾几何时，你还说要打荒野上的两只活狼呢。可你只不过是说说而已。"老板听说自己受了愚弄，便走进卧室上了床。他为自己说大话，为一只死狼使他和他所有的用人受惊一事感到羞愧。商人们笑逐颜开，他们支付了他们和厄伦史皮格尔所花费的钱后便骑马离开了那儿。此后老板再没有怎样吹嘘自己的男子汉气概了。

以钱币响声付款

厄伦史皮格尔在科隆的旅店住了很久。有一天发生了这样的事情：饭做晚了，到了正午时分饭菜仍未做好。这使厄伦史皮格尔很不高兴，因为他长时间饿肚子。老板见他满心不乐的样子就对他说：谁不能等候饭菜做好，他爱吃什么就吃什么。厄伦史皮格尔去吃了一个干巴巴的面包后便坐到灶上，不时给烤肉浇水，直到烤肉完全烤熟为止。这时时钟敲了十二下。

饭桌已铺好，饭菜端到桌上，老板和旅客们一起入座，厄伦史皮格尔仍然坐在厨房的灶上。老板说道："怎么，厄伦史皮格尔，你不愿意入座吗?"厄伦史皮格尔说，"不，我愿意吃，烤肉非常合我的口味。"店主默不作声，继续同客人一起吃饭。旅客们饭后付了酒钱。一些人漫游去了，另一些人留下来。厄伦史皮格尔仍坐在火炉旁。老板带着账单来对厄伦史皮格尔说，他得分担两个科隆银币的餐费。厄伦史皮格尔说："老板先生，向一个没有吃你的饭菜的人要钱，你是一个这样的人吗?"老板不友好地说，即使他没有吃烤肉，他也该付钱，犹如他已就席吃了饭一样，他必须付一份餐费。厄伦史皮格尔为此取出一个科隆银币扔到凳上，说道："老板先生，你听见了银币的声音了吧?"老板答道："我听到了。"厄伦史皮格尔急忙把银币又塞进口袋里，说道："老板先生，银币声响对您的用处，犹如烤肉香味对我的胃的用处一样。"老板自然是没有好气的，因为他想要得到银币，而厄伦史皮格尔不愿把钱给他，并且还要把事情提交法院。老板不愿打官司，只好放弃了讨钱。老板感到后悔的是他备办了宴席，为他花了钱。厄伦史皮格尔没有给老板支付伙食费就离开了，让自己在莱茵河上漂流，再去到萨克森州。

叫贪嘴的荷兰人尝尝报复的滋味

厄伦史皮格尔恰当地和合情合理地向一个荷兰人进行了报复。在安特卫普①的一家客栈里，住进了一些荷兰商人。厄伦史皮格尔患了小病，不想吃肉，便煮溏心鸡蛋来吃。当旅客们入席时，他带着溏心鸡蛋来到饭桌旁。有个荷兰人把厄伦史皮格尔当作农夫，说："怎么，农夫，你不喜欢吃老板的饭菜？要人家为你煮鸡蛋，是不是？"他一边说一边拿了他的两只鸡蛋，把蛋打开，一个接一个地往喉咙里灌，然后把蛋壳放到厄伦史皮格尔面前，说道："瞧，你把这舔干净，蛋黄已经出来了。"其他旅客和厄伦史皮格尔对此付之一笑。

傍晚，厄伦史皮格尔买了一个好看的苹果，把里面掏空，里面塞满苍蝇、蚊子，削去苹果皮，适当地加以煎烤，表面撒上一些姜粉。旅客们晚上再次入席时，厄伦史皮格尔用碟子把煎好的苹果端到餐桌上，然后又转过身来，好像想要端来更多的样子。他一转过身，那荷兰人立刻拿走碟上那个已煎好的苹果，很快就把它吞到肚子里。不一会儿工夫，荷兰人便呕吐起来，把肚子里的东西全吐了出来。他感到很不舒服，老板和其他旅客都以为他吃苹果中了毒。厄伦史皮格尔说："这并非中毒，而是对他的胃的一次清洗，因为贪婪的胃不接纳普通食物。要是他对我说了他非常渴望吃苹果，我愿意告诫他不要吃，因为蚊蝇进不了煮得嫩的鸡蛋里，却可躺在煎好的苹果中。他得把蚊蝇吐出来。"这么一说，荷兰人恍然大悟。他对厄伦史皮格尔说："你尽管煎东西吃好了，就算你有煎画眉鸟②，我也不再吃你的东西。"

主教误中圈套

厄伦史皮格尔搞了这个恶作剧后，又去了不来梅的主教那儿。主教虽常

---

① 安特卫普：比利时第二大城市。13 世纪建市。
② 煎画眉鸟在当地被视为一种美味菜肴。

骂他，倒也喜欢他。他常常准备一些侮辱性的惊险活动，逗引主教发笑，使主教把马免费供他使用。这一回厄伦史皮格尔却装模作样，仿佛他想要进教堂，这使主教几乎向他吐唾沫，可他仍不回来，继续走，装出主教终于把他气疯了的样子。厄伦史皮格尔悄悄地同一位陶匠的妻子协商，这个女人坐在市场上卖陶器，他付给这位女人全部陶器的钱，同她商定，他向她示意或者给她暗号时，她该怎样做。

协商完毕后，厄伦史皮格尔又回到主教处，同样装出他去过教堂的样子，主教对他又进行冷嘲热讽，末了厄伦史皮格尔对主教说："仁慈的老爷，跟我一块去市场吧，那儿有位女陶匠在卖陶制的坛坛罐罐。我想跟你打赌：我不需要对她说话，也不需要以面目表情示意，只以无声的语言，就可使她站起来，拿起一根棍子把她的全部陶器打碎。"主教答道："这我很想饱饱眼福。"主教认为那个女人不会这么干，愿跟厄伦史皮格尔赌三十个古尔登。打赌一事公布了，于是他俩一起来到市场上。

厄伦史皮格尔让主教看了看那个女人。他俩走到市政府前面，厄伦史皮格尔站在主教身旁，用语言和手势表示，他能够使那位女人做那样的事。末了他给女陶匠一个事先约定的暗号。她顿时站立起来，拿一根棍棒把陶器统统打碎。市场上所有的人看见都笑了。主教回到他的院子时把厄伦史皮格尔拉到一边，希望他讲一讲他用什么花招使那个妇女打碎自己的陶器，如果讲了就把打赌输掉的三十个古尔登交给他。厄伦史皮格尔说："好的，仁慈的老爷，我乐意告诉您。"于是对主教说，他首先支付了陶器的钱，然后同那个妇女约定做法。他说他并没有施用妖法，他把全部情况都讲出来了。主教听后笑了起来，交给他三十个古尔登，要他务必发誓不把事情告诉任何人，而且他以后还将得到一头肥壮的公牛。厄伦史皮格尔表示愿意守口如瓶，说完便站起来离开那儿，让主教去着手他的事情。

厄伦史皮格尔走后，主教同他的骑士们和仆人们坐在一起，对他们说，他有这样的本领：使女陶匠乐意把她所有的陶器统统打碎。骑士们和仆人们不想看她打碎陶器，而想要知道这种法术，主教说："要是你们每人愿意给我一头健壮肥大的公牛，我愿意把这一绝招教给你们。"当时正是秋天，是公牛最长膘的时候，他们每个人都这样想：应该冒险去做，不怕失去几头公牛。几头牛委实算不了什么，用它可学到一技之长。果然，他们每个人都向主教提供一头肥大的公牛。大家把所送的牛赶到一块，主教总共获得十四头公牛，每头公牛值四个古尔登，他虽然给了厄伦史皮格尔三十个古尔登，如今他得到两倍的报酬。

当大家把公牛赶到一块的时候，厄伦史皮格尔骑着马来了，他说："这些赃物一半属于我。"主教对厄伦史皮格尔说："要是你遵守你对我许下的诺言，我也愿意履行我对你许下的诺言，让你的老爷们也维持他们的生计吧。"说完，给了他一头膘肥体壮的公牛。厄伦史皮格尔接受了公牛，谢谢主教。随后主教把他的佣人们叫来，说他愿意把绝招告诉他们。于是他向他们讲了事情的经过，说厄伦史皮格尔事先同那女人协商好，支付了陶器的费用。

主教在讲那绝招时，他的所有用人都坐着，他们这会儿才知道受骗上当了，这个挠头，那个抓脖子。大家都后悔做了这笔买卖，都为失去他们的牛而生气。到头来他们还得表示满意，并以此自我安慰：主教是个仁慈的老爷。虽然他们要输给主教公牛，可他们仍然愿意留在主教那儿。

清点出席夜祷的人数

走遍了天南地北、远近各处之后，厄伦史皮格尔变得又老又懊恼了。他在临终前感到后悔，打算屈从于一家寺院以了结他的残生，并终生做礼拜忏悔，以求上帝主宰他，使他不致完蛋。他到玛丽恩塔尔修道院院长那儿去，请求收下他，他愿把他的一切留给修道院。院长对爱开玩笑的人友好相待，立刻告诉他："你还身强力壮，根据你的请求，我倒是愿意接受你的。不过你得做点儿事，有个职务。你也看到了，我的弟兄们和我，人人都有事做，每个人都遵命做些事情。"

厄伦史皮格尔答道："是的，大人，我同意。"院长说："好吧，随你的意，你不喜欢工作，你就当我们的门房吧。这样你待在你的房间里，无忧无虑，什么事都不必操心，也就是去地下室取食品和啤酒，开门和关门。"厄伦史皮格尔说："尊贵的大人，你为我这个年老的病人考虑得如此周到，上帝会报答你的。我愿意做你吩咐我做的一切事情，不做你禁止我做的一切事情。"修道院院长说："瞧，拿着这把钥匙。你不要让每个人都进来，勉勉强强允许第三个或者第四个人进来，因为很多人进来，会坐吃山空，把寺院吃穷。"厄伦史皮格尔说："尊贵的大人，我愿替你把事情做好。"所有来这儿的人，不管他们是寺院的人或者不是寺院的人，任何时候厄伦史皮格尔都只让第四个人进来，其余统统不许进来。人们在院长面前抱怨此事。于是，院长便去训斥厄伦史皮格尔："你是个地地道道的恶棍，你怎能不让本院的人进来？"厄伦史皮格尔说："大人，遵照你的吩咐，我让第四个人进来，其余的不准进来，我执行了你的命令。"院长说："你的所作所为表明你是个恶棍。"院长想免去厄伦史皮格尔的职务，安置别人当看门人，因为院长听说他不愿意放弃他那老一套的狡诈行径。

后来院长给他另一个差事，对他说："你听着，你要在夜里清点参加夜祷的人数，你要是忽略了一个，就该去流浪。"厄伦史皮格尔答道："大人，此事对我来说是难办的，但要是别无选择，我定要尽可能把事情做好。"夜里，厄伦史皮格尔拆除了楼梯的一些梯级。院长是个善良、虔诚的老修道士，任何时候都是头一个来到夜祷厅堂的。他悄悄地到楼梯那儿去，正以为自己踩着梯级，却不料两脚踩空了，摔断了一条腿。他悲恸地叫喊，其他的僧侣跑了过来，想看看他出了什么事。每个人都一个接一个地从楼梯上跌下来。事后厄伦史皮格尔对院长说："尊贵的大人，我不是履行了我的职责吗？所有的修道士我都点过数了。"他把符木交给院长，所有从楼梯上跌下去的人，他都在上面刻记下来。院长骂道："你的确算得上一个可诅咒的恶棍！你从我的寺院滚出去，你爱去什么地方就去什么地方。"这样厄伦史皮格尔就到莫尔恩去了，在那儿，他疾病缠身，不久就一命呜呼了。

抓 粪 便

教会的和世俗的人们，请记住，你们可别从遗嘱上把你们的手弄脏，就像厄伦史皮格尔立遗嘱时的情形那样。

　　一个牧师被带到厄伦史皮格尔那儿，据说他要向牧师忏悔。牧师在去他那儿的时候心里想，他是个从事冒险活动的人，为此积蓄了许多钱，这不会成问题。他肯定有一笔数量可观的钱，在他临终的时候你该向他索取一些，你也许将得到一些。当厄伦史皮格尔开始向牧师忏悔，他们正在交谈的时候，牧师对他说："厄伦史皮格尔，我亲爱的儿子，在你临终时想想你灵魂的永恒幸福吧。你是个搞惊险活动的家伙，犯下了许多罪行，这给你带来痛苦。倘若你有些钱，我愿崇奉上帝，替你交给像我这样的穷牧师，我愿意劝你这样做，因为这是非常可取的。如果你乐意这样做，那就告诉我，并且把钱交给我。要是你也乐意给我一些，我愿意终生缅怀你，为你做夜祷和安魂弥撒。"厄伦史皮格尔答道："好的，亲爱的牧师，我愿意怀念你。你下午再来吧，我愿意把金钱交到你的手里，你对此丝毫不要怀疑。"

　　牧师非常高兴，下午跑着步来了。在他外出的时候，厄伦史皮格尔取来一个壶，先装上半壶人粪，然后在上面撒一些钱，用钱把粪盖住。他在牧师回来时说："是啊，亲爱的牧师，倘若你愿意规规矩矩地而不是贪得无厌地伸手去抓，那么我乐意让你从壶里抓一把，那时您该不会把我忘掉的。"牧师说道："我愿遵照你的意愿行事，尽可能规矩地抓。"厄伦史皮格尔一边掀开壶盖一边说："瞧，亲爱的牧师，满壶都是钱，你把手伸进去，抓一把出来，可手不要伸得太深。"牧师表示同意。可是，贪婪使他受骗上当了。他把手伸进壶里去抓，正以为能抓出一大把，顿时感觉钱下面的东西又湿又软。他马上把手抽出来，他的手指已被粪便弄脏了。牧师气愤地说："哦，你真是个恶棍，在你临死的时候，在你躺在你的临终床上的时候，你还欺骗我！因此，那些在你年轻时曾蒙受你欺骗的人，就不得不抱怨了。"厄伦史皮格尔说："亲爱的牧师，我警告你不要把手伸得太深，你的贪婪使你上了圈套。你不听我的劝告，这并非我的过失。"牧师说："你是个恶棍，从所有爱开玩笑的人中剔除出来，你可以上卢卑克的绞架，那时你再答复我。"说完就走了，让厄伦史皮格尔躺着。

　　厄伦史皮格尔在他背后呼喊，要他等一等，把钱带走，牧师根本就不愿听。

遗产惹起的是非

厄伦史皮格尔在病情越来越重的时候立下遗嘱，把他的财产分成三份：一份给他的朋友们，一份给莫尔恩参议会，一份给前面说过的那位牧师。不过要得到答复：在天主主宰他、他离开尘世的时候，世人要把他的尸体埋在神圣的土地里，并按照基督教的制度和习惯，以夜祷和安魂弥撒来拯救他的灵魂。四个礼拜后他们可一起打开漂亮的箱子，和平协商分享里面的东西。箱子连同精致的钥匙已妥善保管好，他已告知他们箱子在哪里。

三方当事人心平气和地接受了这一遗嘱，于是厄伦史皮格尔死了。一切事情均遵照遗嘱执行。四个星期过去后，参议会、牧师和厄伦史皮格尔的朋友们来开箱子，共享他遗留下来的财宝。箱子一打开，只见里面仅有石头，别无他物。他们彼此面面相觑，不禁火冒三丈。牧师认为，参议会掌管箱子后，偷偷地取出了里面的财宝后再将箱子封上。参议会认为，厄伦史皮格尔的朋友们在他患病时取走了财宝，然后把石块放进箱子里。厄伦史皮格尔的朋友们则认为，牧师在厄伦史皮格尔忏悔时，趁其他人不在场悄悄地拿走了财宝。这样大家不欢而散。

牧师和参议会想叫人把厄伦史皮格尔（从墓中）挖出来。他们正着手挖，发现他迅速腐烂了，无人愿意待在他旁边，于是他们把坟墓重又盖上。

这样他依然躺在他的坟墓里。人们给他立了一块墓碑以做纪念，现在仍可看见这块碑石。

奇特的葬礼

在举行厄伦史皮格尔的葬礼时出现了怪事。在教堂的墓地上，大家围着厄伦史皮格尔的棺木站着。他们把它绑在两条绳上，正要把它放下墓穴的时候，在两脚这端的绳突然断了，棺木垂直堕入墓穴，这样一来厄伦史皮格尔在棺木里实际上是站立着的。所有在场的人都说："就让他站立着吧，因为他生前怪里怪气，死后也想怪模怪样，与众不同。"这样他们就填平墓穴，让他靠双脚直立着，墓上立一块石碑，在石碑中间雕一只猫头鹰和一面镜子①，鹰的爪子抓住镜子，碑上写着：

　　　　谁都不应拥有这块石碑，

　　　　厄伦史皮格尔在这里安息。

以上二十则陈恕林译

---

　　① 一只猫头鹰和一面镜子：在德文里，厄伦史皮格尔（Eulenspiegel）由 eulen（猫头鹰）和 spiegel（镜子）两个词组合而成。因此，猫头鹰和镜子连在一起，寓意明显，能使人联想起厄伦史皮格尔来。

普罗斯塔乔克的故事

（波兰）

普罗斯塔乔克是波兰的一位著名的机智人物。他的故事，以情节曲折、富于幽默感见长，在民众中颇受欢迎，流传甚广。

赶灶王爷

有一次，普罗斯塔乔克从城里回家，半路上不花几文钱就买了一只手工猫头鹰。很晚他才到达一个村子。村里几乎所有的窗户都黑洞洞的，只有一扇窗户里亮着灯光。普罗斯塔乔克出于好奇往窗户里瞅了一眼，看见铺着洁白桌布的餐桌上摆有大馅饼、烤鹅，还有一背壶伏特加。桌旁坐着一个小伙子，看上去像是个亲戚或情投意合的客人。女主人年轻、漂亮，正在殷勤地招待客人，时不时还和客人亲热一番。

普罗斯塔乔克将猫头鹰夹在腋窝下，右手拿着一根旅行手杖，就用这根手杖叩了叩窗户。女主人像被烫了一下似的，猛地离开原地，惊惶地问道："谁?""主人!"普罗斯塔乔克回答。眨眼的工夫，桌上的大馅饼撒到了发面盆里，那一背壶伏特加进了五斗橱，烤鹅进了炉子，女主人的客人则抓起帽子，一头钻到炉子下面。女主人三两下收拾妥后，赶忙跑去开门。

普罗斯塔乔克刚离开窗口，忽闻一阵雪地轻便雪橇滑木的重压下放出的轧轧声，只见一个身宽体健的男人在大门口勒住了马。"开门!"他从马橇上下来，用马鞭叩击大门喊道："快开门，老婆，再去把马卸了，我的手都冻僵了。"大门敞开来，接着女主人把马牵进院子。主人这时候才发现普罗斯塔乔克，问道："老弟，你是干什么的呢？""我是个过路人。让我进去暖和暖和吧。天晚了，可还没找到地方住下。"

好客的主人领普罗斯塔乔克进了屋，很快便在饭桌前就座。主人本来想好好招待一下这位不速之客，但是女主人好不容易才给他们找来一点盐和一大块面包。她把这寒酸得可怜的晚饭端到桌上，嘴里还在不停地嘟哝："我要知道你回来，趁等你的工夫，满可以给你炒个热菜，烤个馅饼什么的。结果却是你自己回来了，又还来了个客人，却没什么好招待的。""你那是什么鸟？"主人好奇地端详着紧挨普罗斯塔乔克神气活现地待着的猫头鹰，问道。"是只猫头鹰，受过训练的猫头鹰。"客人摸摸它，说："它很聪明，天底下的事没有不知道的，还能看透东西，甚至还会说话。""你说什么？还会说话？"主人用面包蘸着在桌上捣成粉末的盐，不无惊愕地问。

普罗斯塔乔克避开主人拧了一把猫头鹰，只听见它发出一串咿咿呀呀的声音。"它说什么？"主人问。"它说发面盆里有馅饼。""发面盆里有馅饼？你听见了吗，老婆子，快端上来吧！""很可能还真有哩！"吓得六神无主的少妇嘟哝着，"昨天我兄弟来了，我为他匆忙烤了个馅饼，说不定还剩下一小块也不知道。我这就去看看……"还果真是这么回事：她从发面盆里拿出馅饼端到桌上，而且不是一小块，而是刚咬了一小口。

两人切开馅饼，把嘴巴塞得满满的。这时普罗斯塔乔克又轻轻地按了猫头鹰一下。它又转起脑袋，发出一阵咿咿呀呀的声响。"它又在说什么？"主人问。"去它的！尽瞎说！它说好像五斗橱里有一背壶伏特加。""说不定是真的吧，老婆？你快去拉开抽屉看看！""我说不好，"这个少妇越发难为情了，更加忙乱起来。"像是昨天还喝剩下一小滴……"她过去一看，果然还有伏特加，而且不是一小滴，而是大半背壶。没办法，女主人只好把伏特加也端到桌上。主人一声不响地给自己和客人斟了。两人喝下一小杯，又吃起了馅饼。

"住嘴！"普罗斯塔乔克轻声地朝被他偷偷拧了几把又发出声音的猫头鹰

吼道。"住嘴！这不关你的事……""它又在说什么呢？""它在说，炉子里有烤鹅。"客人像是很不情愿地说。"还有烤鹅？老婆，快拿出来吧，要不我自己去翻了，还有什么吃的都快给我拿出来！"女主人几步跑到炉前，朝炉门里看了一眼，用力使双臂弯向背后，大声喊道："天哪，果然是还有烤鹅！我的天，这到底是怎么回事呢？刚刚还什么也没有，真不明白这些都是怎么来的。要不这是妖术作怪？……"

"你相信吗，好人，"主人边切开烤鹅边说，"我家老出怪事。要说是妖精搞恶作剧绝不会是这样，因为这里出的事都不留下任何痕迹。家里有点儿好吃的东西，过两天就找不见了。你能怀疑谁呢？我们就两口人：我和老婆。尊贵的客人，照你看这会是谁干的？""除了灶王爷，就再没人会干这种事了。灶王爷到谁家，谁家就不得安宁。不过要仅仅是灶王爷，咱们借助猫头鹰的帮忙今天就能把它轰走，把它轰得远远的。""那就真的是有劳你了，尊贵的客人！你只要能把它赶走，要多少钱我都不吝惜。"

普罗斯塔乔克叫主人先到外屋去避一避。当女主人和客人面对面地留下来，她扑通一声给客人跪下，求他道："求求你，我的好人，你可得对我手下留情啊！"女主人的客人也从炉子下面钻出来给这位过路人下跪，一再地恳求道："你可以把我的所有东西都拿走，只求你饶了我。千万不能告诉主人，要不他会要我的命。"普罗斯塔乔克叫他往脸和手上都涂上烟油子，反穿上羊皮袄，再将手套套在脚上，靴子套在手上。还往他头上绑了一把扫帚，叫他再回到炉子下面去。

客人叫来了主人，告诉他灶王爷藏在炉灶底下，还说这是猫头鹰说的。他要了一锅泉水，两把大麦米，还有香肠、腌肉、黄油和盐，其他的就不提了。主人无条件地满足了他的要求，还在炉口前的小平台上烧起一堆火，不久便熬出一锅又稠又油的粥。普罗斯塔乔克则挽起袖子，用一把勺子在锅里搅来搅去。粥熬成了。过路客人给房子四角都划了十字，然后把屋门大打开，再往主人手里塞一把扫帚，往女主人手里塞一把锹。他自己一边用大汤勺往炉子底下倒滚开的粥，一边憋足力气喊道："喂，灶王爷，你快离开这儿吧！唔唏！"

还确实有这么回事：只见从炉子底下突然跑出一个乌溜溜、毛茸茸的东西来，既不是人，也不是羊，而是灶王爷，只见它一出来便向门口奔去。途中它还撞倒了主人，女主人吓得拼命叫喊，普罗斯塔乔克跳上饭桌，灶王爷则扑向大门，跑到大街上便不见了。早上起来，普罗斯塔乔克从主人那里领到一个卢布的报酬，女主人还悄悄地往他手里塞了一个卢布。

他这个精明的乡下人就这么圆满地处理了这件事。他使别人都皆大欢喜，自己也占了便宜，既暖和了身子，吃饱了肚子，也睡了个好觉，还不忘把钱装进钱袋里，而且将那锅粥也来了个顺手牵羊。最后他像模像样地告别了好客的男女主人，又上了路。

揭发盗马贼

有一次，普罗斯塔乔克来到一个陌生的村子。一看，街上有一大群人，男男女女，老老少少，又是嚷嚷，又是挥手。普罗斯塔乔克向人群走去，看见有两个人在打官司。一方是原告，是被欺负的；另一方是被告，是欺负人的。"你们这里出了什么事？"普罗斯塔乔克问，"在争什么？也许我能帮你们的忙？""是这么回事。"有个老头对他说，"抓住马缰绳的这两人都说是对方偷了自己的马。而事情是这样的：我的邻居昨天从城里集市上买回一匹马，今天却在自家的马厩里抓住了这个骑在马上的茨冈人。茨冈人指天发誓，硬说这是他的马，他亲自饲养和骑了它六年，可据他说一星期前这马被盗了。而今天早上他像是在这位老兄的马厩里找到了自己的马，便要当成自己的马骑走，还指控我的邻居是贼。该怎样给他们断这个案子呢？""纸里是包不住火的，咱们一会儿就能把这事弄个水落石出。"普罗斯塔乔克说，然后将身上穿的粗呢子大衣的前襟罩住马脑袋，问道，"喂，茨冈人！你说你在别人的马厩里认出了自己的马。既然你亲自养了它六年，那你说说，要快说，不能打奔儿：这匹马哪只眼睛是斜的？""你是问哪只眼睛斜？""对喽！你快回答，要是回答不上来，这马就不是你的。""难道我说不上来，我的好老爷！只是我的马眼睛斜得不厉害，并不影响它的视力。""厉害不厉害这并不重要，就要你说是哪只眼睛斜，你可不要再给我兜圈子了，要不我判你败诉。""右眼，宽大为怀的老爷！"

普罗斯塔乔克稍微揭开一点大衣前襟，让大家看了右眼。在场的人都看见右眼根本不斜。"唉，我的好老爷，我记错了。"茨冈人发出几声叹息，摆了摆手，用帽子直拍地面，"唉，我怎么会记错呢？不过好马也有失蹄的时候啊！嘴巴有时候就是不听使唤，这没什么好奇怪的。至于说到马，老爷，它是左眼斜，它当然是左眼斜嘛。"

普罗斯塔乔克把大衣前襟全揭下来，说："你撒谎，茨冈人！你是在无耻地撒谎！这是主人的马，而你是盗马贼。你们瞧，这马眼睛根本就不斜。"茨冈人意识到自己上了当，打算溜掉，但被人们抓住，并绑了起来。

大家都感谢普罗斯塔乔克，好好地招待了他一番，还给了他一些路上吃的食物。

以上两则粟周熊译

帕卡拉的故事

（罗马尼亚）

○·····················○

帕卡拉是罗马尼亚民间故事中著名的机智人物，属劳动者型，出自艺术虚构。其故事有的短小活泼，有的曲折跌宕，内容健康，滑稽逗趣，具有浓郁的生活气息和民族特色。这里选入的作品，译自约瑟夫·纳德日德编选的《帕卡拉趣事》（中国青年出版社，1956 年出版）。

○·····················○

自作主张

帕卡拉到处流浪。有天，他在一个村口遇见他的两个哥哥。他看到哥哥们的鼻子都被割掉了，真是吃惊不小。便问哥哥们是怎么回事。

"小兄弟啊，你瞧是怎么回事。上次我们分手后，遇上了强盗，挨了一顿揍，钱被抢个精光。我们只好去找个地方混饭吃，碰上了这儿的红胡子神甫。他真是个狼心狗肺的坏蛋，他雇我们做长工，不过他规定：我们一生气，就割掉我们的鼻子。我们忍气吞声地给他干活，到头来还是被割掉了鼻子。""那个神甫住在哪儿？"帕卡拉问。"就在这个村里，你要干吗？""我要去那儿当长工，给你们报仇。"

老大、老二反复诉说神甫的恶行，劝他不要去送命。帕卡拉不为所动，决心要为兄报仇。两个哥哥看到无法劝阻弟弟，只好让他去。帕卡拉来到神甫家。神甫正在院子里。"神甫老爷，你老大安！""小伙子，是什么风把你吹来的？""瞧，听说你要雇长工，我想来试试？""好的，不过，我有个怪脾气，我不喜欢爱生气和愁眉苦脸的人。你要在这儿干活，得签个协议，如果你生气，我就割掉你的鼻子；我要生你的气时，你也可以割掉我的鼻子。没有这样的协议，我是不会雇你的。"

帕卡拉一口答应，两人拍了巴掌，在协议上画了押，商定协议到"布谷鸟叫时"期满。

神甫以为帕卡拉很快会生气的，那样一来，他就可以割掉帕卡拉的鼻子。

红胡子神甫总找帕卡拉的碴儿，可是，帕卡拉总能巧妙地对付。一次，神甫要帕卡拉去打场。帕卡拉二话没说就干了起来。中午，其他长工都吃饭去了，只有帕卡拉没人给他送饭，显然是神甫在耍花招。帕卡拉等啊等啊，饿得站都站不住了。他明白是神甫存心捉弄他，就装了满满一袋麦子，拿到村里去换饭吃，吃饱后再回去打场。晚饭也一样，别人都有饭吃，就剩帕卡拉没有人送饭。他就装了两袋麦子，换了一顿更丰盛的晚餐。帕卡拉刚回到场上，神甫就来查看长工干活。"喂，帕卡拉，干得怎么样？""行，神甫老爷，没问题。""好像没人给你送饭，是不是？"神甫边问边用眼角扫了帕卡拉一眼。"是的，不过，没有关系。""你不生气？""我会生气？不，我吃得比你还好！""什么？""瞧，是这么回事。晌午没人送饭，我想大概是忘了。我等了一会儿，饿得实在忍不住了，就装了一袋麦子，去村里换饭吃。晚上，我想吃得好些，就装了两袋麦子换饭吃。""什么！该死的，你竟敢破费我三袋麦子！""怎么，神甫老爷，你生气了？"帕卡拉边说边从口袋掏出一把小刀。"不，我怎么会为这点儿小事生气？"神甫吃了个哑巴亏。

空心奶酪面包

神甫给帕卡拉一块奶酪和一个面包，对他说："套上牛车，到树林去装木料，干得勤快点儿，太阳下山后再回来。把这块奶酪和面包带去，肚子饿时可以当饭，不过，回来时，奶酪和面包都要完整地交还给我。"

帕卡拉盯了神甫一眼，不过没有吭气，他心里可非常生气，怎么能把当饭吃的奶酪和面包完整地带回来。

帕卡拉来到树林里，卸下牛，让它吃草，自己的肚子也开始叫了。他带着奶酪和面包，可是怎么用它们填饱肚子后，又完整地带回去呢？他冥思苦想了一会儿，终于找到了办法，他从口袋里掏出小刀，在奶酪和面包上挖出一块，然后从挖出的小洞里把奶酪和面包掏空，吃掉挖出的奶酪和面包后，再把小洞堵好，一点儿也看不出奶酪和面包都成了空心的了。

帕卡拉赶着牛车回到家时，神甫问他完整的奶酪和面包带回来了没有。"带回来了，神甫老爷，给你。"神甫大惑不解地看到奶酪和面包确实都是完整无缺的，可是掂掂分量，比原先的轻多了。"怎么那样轻啊？""当然很轻，因为里面是空的。""怎么会变成空心的？"帕卡拉讲了事情的经过，气得神甫火冒三丈，但碍于雇佣协议，不敢发作。

风笛显灵

神甫明白，帕卡拉不是好惹的，决定把他派到野外去放羊。帕卡拉让羊群吃草，自己在树荫下坐定，摸出风笛吹奏起来。他吹呀吹呀，突然，他发现羊群都随着笛声，翩翩起舞。笛声一停，羊群就停止跳舞，继续吃草；笛声一响，羊群又狂跳不止。帕卡拉异常高兴，原来自己的风笛是管魔笛。他整整吹了一天，羊群也跳了一天舞，根本没怎么吃草。

晚上回家后，神甫发现一只只羊都瘪着肚子，没精打采。他问帕卡拉是怎么回事。"我也不知道是怎么回事，神甫老爷。羊不好好吃草，只顾乱跳。"神甫以为羊病了，扔了些干草给它们吃。羊一看见草，没命地吃了起来，神甫这才放心。

第二天，羊群回家时，还是又饿又累的，神甫莫名其妙，不知究竟发生了什么事情。他决定要弄个水落石出，心想："明天，我跟帕卡拉出去放羊，看他到底在玩什么花招，把我的羊都放得只剩皮包骨头了。"

第三天清晨，神甫偷偷尾随帕卡拉，藏在树丛后面看他放羊。其实，帕卡拉早已发觉神甫跟随在后，不过，他没有声张，只在心里想：神甫老爷，等着瞧，看我怎么治你！他边想边吹起笛子。笛声一响，羊群立时跳起舞来。

神甫见羊群开始跳舞，心里直骂"见鬼"，可是，未等他骂出口，他就觉得自己的双脚也不由自主地乱动起来。可怜的神甫就这样狂跳不止，哪怕双手抓住树丛也停不住。帕卡拉吹得愈响，神甫跳得愈欢。树杈撕碎了神甫的长袍，划破了他的手和脸，还扯断了他不少胡子。他只得气喘吁吁地对帕卡拉嚷道："别吹了，你这个该死的东西！难道你要吹到天黑？"帕卡拉可不想立即停下来，他走到神甫跟前，对着他吹得更欢。

午后，帕卡拉才停下来休息。精疲力竭的神甫怕帕卡拉再吹笛子，就顾不上喘气，赶紧跑回家去。"怎么，神甫老爷，你老生气了？"帕卡拉在后面追问。"不，我没生气。"神甫回答说，可一点儿也不敢放松脚步。

神甫回到家里，累得东倒西歪，连站都站不住了。神甫婆看到丈夫的狼狈样：长袍撕破了，脸上尽是血，胡子也断了。她不停地画十字，以为是什么大祸临头了。"天哪，老爷子，你怎么了？"她心惊胆战地问。神甫在小木箱上坐下，深深地吸了几口气，才把事情经过从头至尾说了一遍："这个该死的帕卡拉，吹得还真好听，谁听了都会情不自禁地跳起舞来，连我这样的老头，也不例外。"

不过，神甫婆根本不信，她认为丈夫在骗她。神甫没法说服老伴，就想让她也吃吃苦头。晚上，帕卡拉回来后，神甫对他说："听着，帕卡拉，你主母不信你吹得那么好听。你进屋去吹一吹，让她也听听。"

开始时，帕卡拉不愿再吹，可是神甫再三求他，他只得掏出笛子吹了起来。神甫怕自己再跟着跳，就在脚上拴了两块磨盘石。

这时，神甫婆正在阁楼上找东西。她一听到帕卡拉的笛声，果然在阁楼上跳起舞来。被磨盘石拴住双脚的神甫在地上乱蹦。神甫婆在阁楼上狂舞，一不小心，从阁楼上摔了下来，顿时一命呜呼。

神甫气得暴跳如雷，大声咒骂帕卡拉。"怎么，你老生气了？"帕卡拉问。"不，我没生气。"神甫怕被割掉鼻子，只得忍气吞声地这样回答。

修　桥

狡诈的神甫曾害过许多人，割掉了许多人的鼻子。这次，他碰到了对手，治不住帕卡拉。他无计可施，心想干脆自认倒霉，早点儿把他打发走算了。于是，他把帕卡拉叫来说："我很满意你干的活儿，不过，我不再需要你了。你去挑两头牛做工钱，滚得远远的。""不，神甫老爷。"帕卡拉回答说，"我们的协议要到布谷鸟叫时才期满，我不能提前走。我要待到期满。"

神甫无法撵走帕卡拉，决定要他去做办不到的事，好让他知难而退。有天早晨，他吩咐帕卡拉说："瞧，院子里尽是烂泥。你给我修座桥，从大门口直通到屋前。不过，人走在这座桥上，要感到一脚软、一脚硬。""好吧，东家。"帕卡拉回答说，"我想办法按你吩咐的做。明天一早，桥就会修好的。"

晚上，等神甫和其他人都睡下后，帕卡拉蹑手蹑脚地来到院子里，把所有的羊都赶出来，一只只掀倒在地，砍下头和腿，然后，一只肚子朝天、一只背朝天地把死羊一只接一只地从大门口排到房前。帕卡拉边干边心里算盘："这就行了。人走在这座死羊搭的桥上，一脚踩在羊肚子上，一脚踩在羊脊梁上，就会感到一脚软、一脚硬了。"然后。他把羊头和羊腿扔进垃圾堆，用土盖住死羊，根本看不出桥是用死羊搭的。帕卡拉干完后，才去蒙头大睡。

第二天早上，神甫问他桥修好了没有。"修好了。"帕卡拉回答说。神甫出屋去看，踩在桥上，感到完全如自己要求的那样，一脚硬，一脚软。他不明白帕卡拉是怎么搭的。他夸了帕卡拉几句后说："好吧，你现在可以去放羊了。""老爷，羊可不需要再放了，全玩儿完啦！""什么？"神甫吃惊地问。"你老的羊全埋在这座桥下了。""该死的！"神甫绝望地骂道，"你毁了我，把我的羊全糟蹋啦！""否则，怎么给你修桥啊？你老生气了？""不，怎么会呢？"神甫怕挨刀子，只好再次哑巴吃黄连，有苦往肚里咽。

棒打"布谷鸟"

神甫一筹莫展，看来要栽在帕卡拉手里了。蛮横霸道了一生的神甫，这次落到被人算计的地步。

"我得赶快让他滚蛋。"神甫自言自语地说。可是有什么办法呢？他搜索枯肠也没有想出办法。

有天晚上，他的岳母对他说："我倒有个摆脱这个坏蛋的法子。明天一早，我爬到后院梨树上去装布谷鸟叫，你就去找帕卡拉，给他工钱，叫他开路。"

第二天一早，老太太爬到树上学布谷鸟叫，神甫去找帕卡拉，对他说："你听，小伙子，布谷鸟叫了。协议已经期满，我给你工钱，你开路吧。""好的，东家，我走。"帕卡拉说，"不过，我要去看看布谷鸟是什么样子的，我还从来没有见过布谷鸟。"帕卡拉边说边走进后院，操起一根长棍，往树上捅。老太太吓得从树上摔下来，一命呜呼。"天哪，这是怎么回事？"帕卡拉说，"这只布谷鸟怎么看上去像个老太婆。"

神甫都气得快发疯了，一边哭一边骂帕卡拉害得他家破人亡。

帕卡拉待他哭够了，然后平静地问他："你生气了吗？""不，我没有生气，我是哭她老人家死得太惨了。"

父子双双出逃

神甫无法摆脱帕卡拉，在同儿子商量后，决定逃走了事，以免再上他的当。父子俩把圣书归整好，准备装进麻袋带走。

帕卡拉发觉了神甫父子的打算，心想：你们想背着我逃之夭夭，办不到。等到神甫父子到后院去牵毛驴时，他就溜进屋，钻到麻袋里，用圣书盖好。

神甫父子没有看见帕卡拉，以为他睡觉了，就背起麻袋，轻手轻脚溜出屋，把麻袋放在驴背上，赶忙上路。

神甫骑着毛驴在前面走，他儿子跟在后面。他们感到很得意，因为终于甩掉了帕卡拉，可以安心地过日子了。

他们来到一条河边，可是，河上没有桥，也没有渡船。怎么过河呢？他们只好蹚水过河。小伙子卷起裤腿走在前面，神甫骑着毛驴跟在后面。走到河中间时，水比较深，浸湿了麻袋，帕卡拉从麻袋里嚷嚷道："老爷，书都湿了。"

神甫吃惊地向四周看了看，连个人影都没有。他问儿子说过什么话没有，儿子说没有。神甫以为是自己糊涂了，没再理会。

过了一会儿，麻袋湿得更厉害了。帕卡拉再次嚷嚷道："老爷，书都湿透了。"

这次神甫听得一清二楚，他心想：真神了。看来是麻袋中的圣书在说话。他认定这是上帝显灵，一上岸就卸下麻袋，想看看是哪本书显灵。袋口一打开，帕卡拉跳了出来，笑着对神甫说："老爷，见到你真高兴。我是个忠心耿耿的仆人，不忍心让你独自上路。我要继续为你效劳，直到协议期满。"

神甫见了不由得暗中叫苦，忍不住咬牙切齿地骂道："哼，真该死！""怎么，老爷，你生我气了？"帕卡拉问道。"不，我怎么是生气呢？我看到你从麻袋里钻出来，感到太意外了。"神甫厌恶地吐了口唾沫，自认晦气。

神甫老爷自食恶果

天黑了，离村子又远，他们只好在露天过夜。他们就在河边草丛里找个地方睡觉，帕卡拉睡在最靠河边的地方，神甫儿子挨着他睡，然后是神甫。帕卡拉想偷听神甫父子俩说话，就假装睡着并大声打呼噜。

神甫真的以为帕卡拉睡着了，就要儿子趁天黑，把他宰了。"那可不成，这家伙又结实，又狡猾。"神甫儿子说。"那就趁天亮前人睡得最死时，你把他推到河里去淹死。现在你放心地睡觉，到时候我会叫醒你的。""好吧，就照你说的办。"神甫父子俩商量完后就睡着了。

帕卡拉非常生气，决心要报复，心想：你们这些狼心狗肺的东西，看我怎么收拾你们。他等神甫父子已经睡熟后，就悄悄爬起来，把神甫的儿子轻轻挪到自己原先睡的地方，使他紧靠水边，自己躺在神甫身旁。他确信神甫没有发觉自己的计谋，就安心睡着了。

天蒙蒙亮时，神甫睡眼惺忪地推醒了身旁的人，对他小声说："是时候了，把他推到水里去。"帕卡拉听了，猛一推，把熟睡中的神甫儿子推到河里，没出一声就淹死了。

神甫听到人落水的声音，从内心深处松了口气，就像是卸下了千斤重负。他喃喃地说："感谢上帝，终于卸掉了这个包袱。"

神甫放心地入睡了，一睡睡到日高三尺。他睁眼一看，大惊失色，因为躺在他身旁的是帕卡拉，而他的儿子已经无影无踪了。他不敢相信自己的眼睛，以为是在做梦，就拼命揉眼睛，可是眼前的仍然是可恶的帕卡拉。

"我儿子呢？你这个魔鬼，你把我儿子弄到哪儿去了？"神甫发疯似的抓住帕卡拉喊道。

"冷静点，老爷，别发火。"帕卡拉冷冷地说，"俗话说'搬起石头砸自己的脚'。你老想淹死我，结果却淹死了自己的儿子。"

割 鼻 子

神甫听到帕卡拉的答复，气得暴跳如雷，破口大骂。他实在是忍不住了。

"怎么，老爷，你生气了？""我怎么能不生气？你这个无耻之徒，干出这种伤天害理的事。你弄得我倾家荡产，害死了我老伴，摔死了我的丈母娘，现在又淹死了我的儿子。上帝饶不了你的，你这个该死的穷鬼！"

"慢着，神甫老爷，说话要凭良心。"帕卡拉回答说，"我做的事我承担。可是，你老有圣职，是上帝的仆人，你都干了些什么？你眼里根本没有上帝！你骗了多少人，割了多少人的鼻子？我的两个哥哥的鼻子不也都被你割掉了！你雇我当长工时，不就设好圈套，让我给你白干活，再割掉我的鼻子吗？恶有恶报！瞧，这是协议书，白纸黑字写得清清楚楚，谁生气就割掉谁的鼻子。你刚才亲口说你生了气，你就乖乖地让我割掉鼻子吧！"

神甫吓得直打哆嗦，双手护住鼻子，百般抵赖自己的罪行。帕卡拉毫不妥协地说："抵赖没有用，协议上写得一清二楚。我要用你的事警戒后人。"他掏出早已准备好的小刀，割掉了神甫的鼻子。神甫痛得满地乱滚，嘴里咒骂自己说："谁要学我的样子，就会遭到同样的报应。"

帕卡拉拿起麻袋，倒空里面的书，背起空麻袋对神甫说："老爷，好好歇着吧，我要走了。工钱不要了，就用这条麻袋抵。"

帕卡拉走远后，神甫也爬起来回家去了。据说，神甫从此改邪归正了。俗话说："魔鬼老了，也得修身养性。"

巧吃奶酪

帕卡拉在教堂里打杂。神甫做了不少奶酪，放在教堂的神龛里，因为那儿较阴凉。帕卡拉偶然发现了神甫收藏的奶酪，就偷偷地吃。今天吃一点儿，明天吃一点儿，瓦罐里的奶酪愈来愈少。神甫发觉奶酪少了就查问："喂，帕卡拉，我藏在神龛里的奶酪少了。你知道是谁偷吃的？""我不知道，神甫老爷。不过，我可以替你守夜，看看是谁偷的。""好吧，你就辛苦几夜，把贼逮住。"

入夜后，帕卡拉去教堂守夜。他随身带了些面包，以便就奶酪吃。他吃完面包和奶酪后，把剩下的奶酪涂在圣母像和尼古拉圣人像的脸上，把瓦罐扔在圣人像脚下，然后一头倒下睡觉了。

第二天天亮后，帕卡拉去告诉神甫说："老爷，给我逮住了！""你逮住了什么？"神甫莫名其妙地问。"偷奶酪的毛贼。""是吗？是什么样的人？""你老人家自己去看看吧，真令人难以置信。"

神甫套上衣服跟帕卡拉来到教堂。帕卡拉领着神甫直奔圣母像和尼古拉圣人像而去。

"你瞧，尼古拉圣人是小偷。他从神龛里取出奶酪罐，跟圣母一块儿吃。他们一见我，就扔下瓦罐回到原先站的地方。不过，他们忘了把嘴上的奶酪擦干净。"

神甫看了大为光火。他不满地对尼古拉圣人像抱怨说："咳，圣母归圣母，总是女流之辈。你尼古拉圣人可是个长胡子的老头，怎么也会干出这种丢人现眼的事！"

弄巧成拙

帕卡拉和神甫一路回村时，看见一只迷路的小猪。

"喂，神甫老爷，咱们一起捉住这只小猪，烤烤吃，怎么样？""罪孽，帕卡拉，可不能干这种事！""没关系，反正没人看见，小猪没人喂，也活不了。"

神甫看看四周，确实渺无人迹，就同意把小猪捉回去烤烤吃。等到把小猪烤熟后，看着黄灿灿的烤乳猪，神甫起了歹心，想一人独吞，但又不好说出口，于是建议说："帕卡拉啊，这只猪太小，两人分吃，谁都吃不饱。我们来打赌，谁赢归谁。""好吧，赌什么呢？""让我想一想。"神甫假装想了一会儿说，"我们赌做梦。谁做的梦好，烤乳猪就归谁。""行。"

神甫和帕卡拉躺下睡觉。神甫把梦想好后，真的睡着了。帕卡拉可怎么也睡不着，烤乳猪的香味直往他鼻子里钻。他干脆起来把整只乳猪吃了，然后再躺下睡觉。

神甫一觉醒来，发现帕卡拉还在酣睡，便嚷道："快醒醒，帕卡拉，你说说做了什么好梦！""还是你先说吧！""好吧。我梦见天堂的门打开了，一架梯子正好放在我跟前。我顺着梯子进了天堂。我一进去，天堂门就关上了，以免坏人溜进去。我在天堂里玩够了，就醒啦。""太好了！神甫老爷，你的梦真美。你说的一点儿也不错，因为，我也梦见你进了天堂。你进去后，天堂门就关上了。我想你老大概要在天堂住一辈子，不会再回来受苦，所以，我就把烤乳猪全吃了。"

桶里装的是魔鬼

有一次过节，全村人都打扮得漂漂亮亮的，到村头去跳舞，帕卡拉嫂也高高兴兴地去了。神甫瞪着一双色迷迷的眼睛盯着她，向她打招呼："你今天打扮得真漂亮。""再漂亮也是为我男人打扮的。""干吗不为我打扮打扮呢？""那可是罪过。我们结婚时，你不是祝福我们白头偕老吗？""什么罪过不罪过，我给你祝福就行了。""可是，法律不是不准引诱有夫之妇的吗？""法律是管平民百姓的，管不了我这个上帝的仆人。"

帕卡拉嫂心里恨透了这个不要脸的色鬼，决定教训教训他。

"好吧，神甫老爷。要是你老说这不是罪过，那你今晚就来我家吧。你等天黑后再来，那时我男人一定已经到酒馆去灌黄汤了，他要一直待到后半夜。"

过了一会儿，村长也不怀好意地凑过来说："喂，你有钱买这么漂亮的衣服，可你男人却没钱还债。明天再不还的话，我就扒掉你的新衣服抵债。"随后，他压低嗓门凑在帕卡拉嫂耳根，悄悄说："除非今晚让你男人到酒馆去，你一个人在家等我。""天哪，村长先生，千万别拿走我的新衣服。你今天晚上来好了。你天黑后再来，要神不知鬼不觉的，可不能让别人看见。"

村长心满意足地走开后，税务员又前来纠缠，帕卡拉嫂用同样的办法约他晚上来幽会。

帕卡拉嫂回家后，把刚才的事情全告诉了帕卡拉，并让他先藏好，等屋里灯一灭就来敲门。

天还没有黑透，神甫手里提了酒肉沿着墙根悄悄溜进帕卡拉的家，他把酒肉放在桌上，招呼帕卡拉嫂一起吃。两人吃饱喝足之后，帕卡拉嫂让神甫脱衣上床，然后吹灭灯，说怕有人偷看，到外面去瞧瞧。说时迟，那时快，帕卡拉突然在外面把门敲得震天响，大声吼道："快开门，要不，我把门砸了！"

神甫在床上吓得直打哆嗦。帕卡拉嫂低声对他说："快藏起来，神甫老爷！我男人一定是喝醉了，他什么都干得出来的。快钻到门后那个桶里去，等我男人睡着后，我再给你衣服。"

神甫没等帕卡拉嫂说完，就跳进了木桶。桶里装的是酒糟，湿漉漉的，他全顾不得了，只好一丝不挂地泡在酒糟里，一声都不敢出，只求不被帕卡拉发觉。

帕卡拉进屋后，美美地饱餐一顿桌上的酒肉，又藏回原先的地方。

没过多久，村长鬼鬼祟祟地溜进屋来，从怀里掏出一大包吃食。帕卡拉嫂接过吃食，塞进木柜，说现在不是吃喝的时候，要村长赶快上床。村长求之不得，立刻脱得精光上了床。帕卡拉嫂让他稍等一等，她得看看外面有没有人。她还没有走出房门，帕卡拉就死命砸起门来，砸得门都快散架了。村长一声不敢吭地在床上直发抖。

"村长先生，快藏到木桶里去，我男人要是看到你的话，会把你活活揍死的。"村长二话没说，就乖乖钻进桶里了。

"你是谁？"桶里的神甫问。"我是村长。你是什么人？"村长问。"我是神甫。""是谁把你装进木桶的？""是魔鬼。""我也是给魔鬼骗来的。"过了一会儿，税务员也进了木桶。

帕卡拉嫂就点起灯，同男人一起吃喝。他们吃饱喝足后，帕卡拉去找了块木板，把桶口钉死，只留下一个小洞，以免桶里的人闷死。

第二天，帕卡拉把木桶拉到集市去。集市上的人问他桶里装的是什么？他说："是魔鬼。""什么，桶里装的是魔鬼？""一点儿不假。谁要看就交五块钱。"

谁不愿意出五块钱开开眼？不一会儿，许多人都围拢来看魔鬼。帕卡拉收起钱，撬开木桶。神甫先从桶里钻出来，接着是村长和税务员，全是一丝不挂，身上沾满了酒糟。大家看得非常开心，当然，最开心的还是帕卡拉，他眨眼工夫赚了一大笔钱。

卖 牛 皮

　　帕卡拉没有地方放牛，就悄悄地把牛牵到财主的牧场上去放。财主发现后非常生气，趁帕卡拉不在时，把他的牛宰了，把牛皮晒在篱笆上。

　　帕卡拉知道后，没有吱声，默默地收起牛皮，想到集市上去换几个钱。集市很远，天黑了还未走到。帕卡拉走累了，想找一户人家借宿。他来到一家门口，敲了半天门，也不见有人来开门。

　　"没关系，反正天很暖和，我就在外面草堆上过一夜吧。"帕卡拉自言自语地说。他搬来梯子，爬到草堆顶上去睡。从草堆顶上，他看到屋里有灯光。男主人不在家，女主人正用好酒好肉款待她的相好，馋得帕卡拉直流口水。

　　屋里人正要开始大吃大喝时，男主人回来了。女主人没想到丈夫回来得这么突然，一下慌了手脚，连忙把烤乳猪塞进烤箱，肉饼藏到锅台后面，酒壶塞到壁橱里，再把她的相好关到床下的木箱里。然后，她打开门，让丈夫进屋，帕卡拉也乘机溜进屋，恳求男主人让他借宿一夜。

　　男主人要妻子拿些吃的，女主人没有把刚才为相好准备的酒肉拿出来，只弄了些凉玉米面糊和洋葱来应付。

　　男主人和帕卡拉坐下来准备吃饭。帕卡拉嘴里嚼着玉米面糊和洋葱，心里却想着刚才看见的那些酒肉。他坐在牛皮包上，低下头来听，像是回答谁的话似的说："算了，没关系，这不关你的事。有什么好抱怨的？人各有命，有得吃就不错了。"

　　男主人看着他自言自语地说话，心里非常纳闷，于是问道："老乡，怎么回事？你在跟谁说话？""我在跟这张牛皮说话。"帕卡拉回答说，"这是张神皮，赛过所有的巫婆。它什么都看在眼里，什么都知道。""它说了些什么？""它是多管闲事。它说家里放着那么多现成的酒肉，干吗还吃凉玉米面糊和洋葱？""什么酒肉？"男主人莫名其妙地问，而女主人已吓得魂不附体了。

帕卡拉再次低下头，装出仔细听的样子说："它说，烤箱里有烤乳猪。""瞎说，哪里有什么烤乳猪。"男主人不相信地一边笑着说，一边走近烤箱去看。他还真的找出一只喷香的烤乳猪，惊得他简直不敢相信自己的眼睛。

　　"它还说，壁橱里有壶酒，锅台后面有块肉饼，床下的木箱里还藏着一个人样的魔鬼。"帕卡拉的话还没有说完，女主人的相好就从木箱里窜出来，打开门，一溜烟地逃跑啦，男主人以为见了鬼，忙不迭地画十字，然后端出酒和肉饼，跟帕卡拉大吃大喝起来，只有女主人战战兢兢地站在一旁，有苦难言。

　　吃饱喝足后，男主人开始盘问帕卡拉，问他的牛皮是从哪儿弄来的，愿不愿意转让？帕卡拉起初装出不愿卖的架势，后来答应以一百块大洋卖掉牛皮。第二天帕卡拉高高兴兴地拿着钱回到村里。

　　财主听说他把牛皮卖了一百块大洋，怎么也无法相信。他去问帕卡拉："你真的把牛皮卖了一百块大洋？那怎么可能，简直是奇谈！""奇谈不奇谈，我反正卖了一百块大洋！"帕卡拉边说边掏出白花花的大洋。

　　眼见这一大堆钱，财主不能不相信。他想一定是牛皮行情看涨，立即回家去把所有的牛都宰了，连夜拉牛皮到集市去卖。皮货商来问价钱时，他一口咬定要一百大洋一张。商人以为他是开玩笑，不还价全走开了，都把这个漫天要价的财主当成疯子，像看耍猴儿似的围着他取笑。到天黑，他也没能卖掉一张皮。这时他才恍然大悟，自己上了帕卡拉的当。

大口袋和它的弟弟小口袋

　　帕卡拉给财主干活，讲好一天一袋麦子的工钱。财主带着帕卡拉在地里锄地，天黑了也不收工。

　　"喂，东家，"帕卡拉忍不住提醒说，"太阳都下山了，这一天该完了。""不，这一天还没有完。"财主指指月亮说，"太阳的弟弟——月亮已经出来了。"帕卡拉什么也没有说。

　　第二天，帕卡拉拿着一个大口袋和一个小口袋到财主家领工钱。财主给他装满大口袋，他又递过去小口袋说："把这个口袋也装满。""我不是已经按讲好的条件给你装了一大口袋麦子吗？"财主说，"怎么还要往这个小口袋里装？""这是那个大口袋的弟弟，当然也得装满才行。"

财主无话可说，只得把小口袋装满。

红鬃马和戒指

有天，财主对帕卡拉说："你要是能从马厩里牵走我的红鬃马，马就归你，否则，你得给我白干三年长工。""好吧，一言为定。"帕卡拉回答说。

从那以后，财主就死死看守红鬃马，连鸡都不让靠近。财主在马厩门口安排了两个看守，让他们手握斧头面对面地站着，随时准备砍死钻进马厩的人。接着，财主又安排第三个人拉住马笼头，第四个人扯住马尾巴，第五个人骑在马背上。

傍晚，帕卡拉换了身破烂的女装，背了个破口袋，里面装了一罐普通的酒和一罐放了蒙汗药的酒，装成女乞丐到财主家去借宿。

"真是罪孽！"帕卡拉装出一副可怜相说，"我一步也走不动了。白天还勉强对付，晚上可遭罪了，夜盲眼不知害我摔了多少跤。老爷，可怜可怜我，让我在你院里过一夜吧。"

"好吧，你自己到院里去找个地方过夜。"财主说。

于是，帕卡拉就在马厩门旁坐下。不一会儿，他掏出酒罐子，对着嘴喝一口，然后，又把酒罐放回口袋里。可是，过不了多长时间，他又掏出罐子喝一口，再放回口袋里。

在附近看马的人终于忍不住了，问道："喂，老太婆，你在干吗？""我还能干吗？不就是喝口烧酒。这可真是好东西，能让人心明眼亮。"

一个看守求帕卡拉让他喝一口，因为他要守夜，看住红鬃马。"少喝点儿。"帕卡拉递过瓦罐时说，"喝多了会坏事的。"

第一个看守喝了一口后，把瓦罐传给第二个看守，然后第三个……五个看守都轮流喝了一口，润润嗓子眼儿。不一会儿，五个彪形大汉全被蒙汗药弄倒了。

帕卡拉立即钻进马厩，割断马缰绳和马尾巴，让那两个看守仍然握着一段缰绳和马尾。然后，他把骑在马身上的看守，连马鞍捆起来，搬放到地上，使那人感到仍然骑在马上。帕卡拉牵了马溜之大吉。

第二天清早，财主到马厩查看，直气得七窍生烟。"快起来，全是废物！"他咬牙切齿地骂道，"天哪，帕卡拉已经把红鬃马偷走啦！"

这时，帕卡拉正笑嘻嘻地牵着红鬃马来向财主道谢。"你的这匹红鬃马，正好用来耕地。"帕卡拉说，"不过，我还要拿走你手上的戒指，卖了换钱使。""你倒试试看。"财主正要找帕卡拉算账，"你要是拿不走的话，得把马还我，再给我白干三年长工。""一言为定！"

从那以后，财主日夜看住戒指，一分钟也不让它离手。

有天夜里，等大家都入睡后，帕卡拉在财主后院的草堆里放了把火，然后大声呼唤："起火了，快来救火！"财主家的人全跑出来救火，财主也从床上跳起来，披上外衣往院子里跑，不过，他在跨出房门前，从手上摘下戒指，交给妻子保管。

财主前脚出门，帕卡拉后脚就到。他装出财主的声音，对财主婆说："把戒指还给我，还是戴在我手上放心。"

财主婆正吓得魂都没了，根本想不到要戒指的是帕卡拉。帕卡拉接过戒指，溜之大吉。过了一会儿，财主回来了。

"只是一场虚惊。"他对妻子说，"后院的干草堆起了火，离这儿远着呢，烧不到这儿来，不过，把我的觉给搅醒了。把戒指给我，让我再安心睡一觉。""什么戒指？""我的戒指，刚才交给你保管的那只戒指。""不是已经还给你了吗？你不是刚回来问我要走，又去救火的吗？""天哪，这个鬼东西！"财主气急败坏地咒骂道，"帕卡拉已骗走了我的红鬃马，现在又骗走了我的戒指。"

帕卡拉这时正在得意地欣赏财主的戒指。

捉弄人的法宝

有一次，帕卡拉无所事事，在树林里转悠。他远远看见财主一家乘着马车急驶而来，赶快扶起一根树干站在路旁休息。财主发现路旁有人，就让车夫停车问道："喂，你在干吗？""我要把这棵树扛回家，累了，在这儿歇歇。你到哪儿去？""我听说有个叫帕卡拉的人，专会捉弄人。我想见见他，看他能不能捉弄我。""那你就不必费心去找了，我就是帕卡拉。不过，我现在没法捉弄你，因为，我捉弄人的法宝不在手头。你要是真想让我捉弄你的话，你就在这儿等着，我回家去把法宝拿来。你想快一点儿的话，就把马车借我用一用，你们下车来扶住这根树干，别让它倒下。"

财主一家随即下车扶住树干。帕卡拉上了马车，一溜烟走了。天黑了，帕卡拉也没有回来。最后，来了个过路人，财主赶快叫住他问见到帕卡拉没有，并把事情经过说了一通。那个人回答说："财主老爷，你还等什么啊！帕卡拉不是已经把你捉弄够了吗？他骗走了你的马车，不会回来啦！"

帕卡拉和邓大拉

在一个十字路口，帕卡拉遇到邓大拉，两人各背着一个口袋。帕卡拉口袋里装的是乱麻，邓大拉口袋里装的是废纸团。邓大拉说："你好！""谢谢！""背的是什么？""羊毛，背到庙会上去卖的。"帕卡拉胡编一通，接着问邓大拉，"你背的是什么？""核桃，也是背去卖的。"

两人默不作声地走了一段路。

"喂，邓大拉，我有个主意。"帕卡拉说。"什么主意？""咱们交换下口袋。""好啊，不过，换了就各走各的。"邓大拉一心想占便宜。

两人换了口袋，急忙头也不回地各走各的路，心里都在暗暗高兴：这个笨蛋，可上了我的当！走出一段路后，两人都不约而同地停下来，打开口袋看，这才发现自己上了当，于是都转身往回走。

"好哇，你说背的是核桃，怎么都成了废纸团？""你不也一样？你口袋里装的根本不是羊毛，而是乱麻！"

两人争吵一阵，出了气，心想都是半斤八两，还是和解算了。"喂，邓大拉，咱们结拜兄弟吧！""好哇，一言为定！"

两人高高兴兴地结伴而行，遇到一个神甫。"喂，小伙子们，你们上哪儿去？""神甫老爷，我们去找活儿干。""那就上我家去吧！""好的。""你们要多少钱？""三百大洋。你要我们干什么？""瞧，我有头奶牛，得有人放它出去吃草和清理牛粪。我按你们的要求给工钱，你们两人就一人放牛，一人起粪，行吗？""行，我们一定好好干！"

兄弟俩留下来干活。帕卡拉放牛，邓大拉在牛栏里起粪。奶牛极不老实，不在一个地方吃草，而是这里吃一口，那里吃一口，满山遍野地乱跑，一天下来，转遍了所有的山坡，累得帕卡拉腰酸腿痛，连站都站不住了。邓大拉的活也不轻松，那么一大堆牛粪，要一铲铲起，而且铲子不能碰地皮，否则，神甫就给他一巴掌。

晚上，兄弟俩在一起聊天。"老弟，你留在家里活儿怎么样？""哈，简直是享福！你起一小铲粪，神甫老爷就给你一块面包，一铲一块面包，一铲一块面包……你在山上干得怎么样？""哈哈，比你还舒服。这头牛老实得像木头，我走到哪儿，它跟到哪儿。早知道这样的话，我就该从家里拿条毯子或凳子，舒舒服服地坐下或躺下看牛吃草。"

过了一会儿，帕卡拉建议说："喂，老弟，我今天算待够了。明天咱们换一换，你去放牛，我来起粪，怎么样？""好哇！"邓大拉求之不得，立刻答应下来。

第二天，邓大拉带着凳子和门板去放牛。这天，老牛跑得更欢，邓大拉背着门板、提着凳子在后面紧追，一会儿就累得上气不接下气。帕卡拉在家也不好受，吃的不是面包，而是神甫的巴掌。

"好哇，老弟，你把我骗得好苦。"晚上，帕卡拉见到邓大拉时，就气不打一处来，张口骂道，"你说是铲一小铲就给一块面包，可是神甫老爷给的尽是巴掌。你骗了我！""你不也一样！那头牲畜把我累得都快趴下了。"

兄弟俩吵了一阵儿，出了气，又和解了。黑暗里忽然传来窃窃私语声。"喂，大哥，你到窗跟前去听听，神甫老东西是不是在说我们的坏话？""好的，我去听。"

帕卡拉把耳朵贴在窗户上偷听，神甫正好在对老伴说："老太婆，你去看看，那两个小子睡着没有。今天，帕卡拉差一点铲破我们埋在牛栏里的钱罐。"帕卡拉心里想，好你个神甫，怪不得你不准我铲着地皮。他转身对邓大拉说："快躺下装睡！"

两人刚躺下假装打鼾，神甫婆就过来查看，然后回去向神甫报告。帕卡拉赶忙起身去偷听。"他们在干吗？"神甫问。"睡了，睡得像猪一样。你就是在他们身上劈柴，也不会把他们弄醒的。"

神甫两口子重新埋好钱罐后，放心地去睡觉了。帕卡拉等他们睡着后，赶忙叫醒邓大拉："快起来，牛栏里有钱罐，咱们去起出来！"

两兄弟扛起铲子和锄头，到牛栏去挖钱罐，挖出来后，就背了钱罐离开神甫家。他们一口气来到一片树林，坐下休息，不一会儿，邓大拉就合眼睡着了。帕卡拉乘机背起钱罐溜之大吉。

邓大拉醒来，发现把兄弟不见了，钱罐也不翼而飞。他立即去追，总算追上了。两人决定把钱平分掉，不过，帕卡拉还是多分了两吊钱。

兄弟俩各自回到家里，邓大拉总念念不忘帕卡拉多分去的那两吊钱，三天两头来要。帕卡拉老是今天推明天，不愿给。最后，帕卡拉烦死了，就对女人说："非得设法叫这个把兄弟死了心。我装死，你把我抬到教堂去。"

帕卡拉嫂把帕卡拉装进棺材，送到教堂去，刚回家，邓大拉又来要钱了："喂，嫂子！大哥在家吗？"

帕卡拉嫂顿时一把鼻涕一把泪地哭起来："天哪，我的命怎么那样苦，他一蹬腿就走了，我昨晚把他送到教堂去了。"

"是吗？我去看看。"邓大拉满心疑惑地说。

邓大拉到了教堂，躲在门后面。他心想，帕卡拉要是装死的话，他一从里面出来，我就捉住他。正巧，那天有伙强盗在教堂里分赃。他们一共十二个人，把钱财分成十二堆。邓大拉见了财迷心窍，情不自禁地大喊起来：

"快来，有强盗！快抓强盗！"棺材里的帕卡拉应声而起，向强盗扑过去。强盗惊慌失措，丢下钱财拔腿便跑。

兄弟俩高高兴兴地数着钱财聊天。帕卡拉说："瞧，我要不装死的话，能弄到这么多钱吗？""还不全靠我的一声大喊。"

反正，两人都有功，半斤八两，十二堆钱，一人六堆。这时，邓大拉又想起帕卡拉以前多分的两吊钱，就对他说："喂，你现在有钱了，该还我一吊钱了。"

帕卡拉不干，两人就在教堂里吵了起来。

强盗头逃出一段路后，想了想，有些不对头。他对一个手下人说："我看有鬼！教堂里能有多少死人？你去看看到底有多少人。我们得设法把钱要回来，可不能白白扔掉。"

小强盗偷偷溜进教堂，从外面往窗子里瞧，看到帕卡拉哥儿俩已经吵累，正坐在那儿商量两吊钱的事。他回去对强盗头说："里面的死人多极了。我们留下的那些钱都不够分，他们还在那儿为两吊钱争吵不休。""不可能，一定是你没看清楚。""你要不信的话，自己去看好了。"

强盗头亲自到窗外去看。这时，帕卡拉哥儿俩又吵得不可开交，整个教堂里闹哄哄的，就像里面有数不清的人。强盗头正探头往里面张望时，帕卡拉扔过来一个什么东西，正好打掉他的帽子，嘴里唤道："给你钱。"强盗头吓得抱着脑袋就逃，再也不敢回来了。

帕卡拉和邓大拉再次言归于好，和和气气地各自回家过日子。

肉馅饼与神经病

有次帕卡拉跟皮匠师傅到雇主家干活儿。主妇做了个肉馅饼招待师徒，好让他们把活儿做得更好些。师傅想独吞馅饼，就对主妇说，他的徒弟不吃馅饼，要她再随便拿些吃食给帕卡拉。

帕卡拉眼巴巴看着师傅一个人大吃大嚼喷香的肉馅饼，心里很不是滋味，但也无计可施。他决心要找个出气的办法。

过了不久，帕卡拉在铺子前干活儿的时候，来了几个老主顾。他们跟帕卡拉闲聊，要帕卡拉顺便问候皮匠师傅。

"他的情况可不怎么好。"帕卡拉说，"两三天来，他一直感到不舒服，都有点儿神经不正常了。你们进去看看他，见到他用手摸东西时，就赶快扑上去捆住他，因为，他又要犯神经病了。"

皮匠的朋友进了屋，和坐在床上干活儿的皮匠聊天。屋里很暗，皮匠要用剪刀，就伸手到碎皮子堆里去摸。皮匠的朋友立即扑上去，把他捆了个结实。

"朋友们，你们这是干什么？"皮匠吓得大声嚷嚷道。"你好些了吗？""什么？""神经病。""什么神经病？"皮匠的朋友说明了事情的原委，皮匠听了气得暴跳如雷。他厉声责问帕卡拉："你怎么瞎说我有神经病？""那你又怎么知道我不吃肉馅饼？"

依样画葫芦

小时候，有次帕卡拉跟着父亲坐火车到城里去。他没坐过火车，觉得非常新奇，总把脑袋伸到车窗外去看。

"别把脑袋伸到窗外去，"他父亲说，"风会把你的帽子刮跑的。"

帕卡拉不听。他父亲就神不知鬼不觉地摘下他的帽子，藏了起来。帕卡拉发觉帽子丢了，就哭着要帽子。

"瞧，谁让你不听话的。"他父亲责备了他一顿后，又安慰他说："好了，别哭了。我吹口气，把帽子给你变回来，好不好？"

他父亲边说边吹了口气，帽子又戴在帕卡拉头上了。小帕卡拉高兴得跳了起来。他突然摘下父亲头上的帽子，把它扔到窗外说："爹，快再吹口气，把你的帽子也变回来。"

无所适从

帕卡拉不想再过那种四海为家、到处游荡的生活了。他决定讨个老婆，享享天伦之乐。帕卡拉干什么事都不按常理，找老婆也与众不同，他娶了最先同意嫁给他的女人。这个女人可不是好惹的，弄得帕卡拉哭笑不得，左右为难。

有一天，女人让他到集市去买根针。帕卡拉空手而回。女人责问他时，他解释说："你瞧，我确实去买了针。在回家的路上，我觉得针太小，怕弄丢了，就把它放在同路回村的干草车里。快到家时，我翻遍了整车干草也没找到那根针。"

女人听帕卡拉这么一说，直气得火冒三丈。"天哪！你怎么那么笨，这点事都不懂。一根针怎么能藏在干草里？""那放到哪儿去？""你得把它别在衬衣前襟上。""好吧，我明白了。"

第二天，帕卡拉上集市去买铁犁，结果还是空手而回。"犁在哪儿？"女人见他回来时问，"你没买到？""买是买到了，可是，我想按你的吩咐，把铁犁别在衬衣前襟上，怎么也别不住，反而把我的衬衣弄成了碎片，我只好把犁扔了。""你真是个大笨蛋，铁犁怎么能别在衬衣前襟上？""不是你教我这样做的吗？""我叫你别的是铁针，不是铁犁！""那铁犁怎么办？""你得把它背回来。""好吧，下次我一定按你说的做。"

第二天，帕卡拉背着一只死狗从集上回来。他女人见了连话都说不出来了。"这是怎么回事？""我全是照你吩咐的做的。你老说要只狗看家，我看这只狗不错，就付了钱驮着回家。可是，狗不听话，不老实待着，又抓又咬，把我的背全抓烂了，我只好把它掐死，背了回来。""上帝饶不了你的，你这个蠢货！简直长了个木头脑袋。谁能干出这样的傻事，竟然把狗驮在背上！""我有什么法子？你教我驮在背上，我就将它驮在背上。你到底要我怎么办？""我是教你把铁犁驮在背上，而不是把狗驮在背上。你应该用绳子把狗拴上，牵着走，再用什么吃的东西逗引它，嘴里不断地唤着噜、噜、噜。"

"你真行，我可无论如何也想不到这一招儿的。"帕卡拉搔搔头皮说，"下次我一定这样做。"

过了不久，帕卡拉从集市上牵回来一头小猪，边走边用面包引它，嘴里不停地噜噜叫。女人一见，气得眼冒金星，破口大骂起来。"你这个大傻瓜，快快滚开。从今以后，我可不愿再同你一桌吃饭了。别再让我看见你。""唉，我可是完全照你吩咐的做的。既然你要我走，我就走好了。""你快滚开，滚得远远的，别让我再听见你的名字。"

帕卡拉二话没说，转身就走，他实在忍受不了这个女人的摆布了。

"你要严守秘密"

婚后不久，帕卡拉想考验考验年轻的妻子，看她能不能守口如瓶。帕卡拉在被窝里藏了个鸡蛋，自己躺在被窝里装病。他大唤大叫肚子痛后，摸出鸡蛋对妻子说："瞧，我下了个蛋，肚子也不痛了。咱们成了亲，可要白头偕老，祸福同当。""那当然。""亲爱的，你看到了这桩怪事，可不能出去嚼舌头。你要严守秘密，否则，别人知道了，会笑死我们的。""放心吧，当家的！我怎么能那样不懂事，这种事还能乱说！"

帕卡拉嫂抱了水罐去井边打水，半路上遇到老婶。老婶关心地向她打听帕卡拉的情况。

"他挺好的。"帕卡拉嫂回答说，"你要是能守口如瓶的话，我可以告诉你一桩怪事。今天清早，我的帕卡拉像生孩子似的大叫大喊一阵后，生了个鸡蛋。""真是怪事。""蛋生下后，他就完全好了。"

老婶听罢，立即把这桩新闻暗地里告诉神甫婆。神甫婆一转身又偷偷告诉了另一个发誓守口如瓶的人。到了傍晚，全村人都知道帕卡拉一次生了九个鸡蛋。

祸从口出

帕卡拉背了袋玉米到磨坊去磨面。磨坊老板问他口袋里有多少玉米。

"不清楚。"帕卡拉说，"不是我装的，是孩子他娘装的。我回去问问她。"

帕卡拉把打开的玉米口袋留在磨坊门外，回家去问他老婆。女人告诉他是两斗玉米。在回磨坊的路上，他怕忘记，嘴里一直念着"两斗、两斗"的。

一个农夫在地里种小麦，听到帕卡拉老说"两斗、两斗"的，以为他是在诅咒自己种的小麦，只能收两斗。他愈听愈气，就狠狠揍了帕卡拉一顿，并且教训道："记住，你这个蠢货，你应该说：上帝保佑，快快长，用劲拔节，用劲拔。"

帕卡拉继续往前赶路，看见两个人正在厮打，互相揪住对方的头发不放。他记起刚才农夫说的话，就大声嚷嚷："上帝保佑，用劲拔！"

两个打架的人一听，都住了手，奔过来揍帕卡拉说："你这个笨蛋，你应该说：求求上帝，让他们分手吧。"帕卡拉走了一段路，迎面来了一伙娶亲的人。他想起刚才的教训，赶快说："求求上帝，让他们分手吧！""求上帝让你同你自己的灵魂分手吧！你这个白痴。"迎亲的人咒骂道，"你怎么能说这种不吉利的话。你应该说：抱住她，吻她一下。"

走不多远，帕卡拉遇到一个背着死人的人。帕卡拉就说："抱住他，吻他一下。"

可怜的帕卡拉又挨了一顿揍，这次可真被揍得不轻，几乎都不能动弹了。"看你还胡说不胡说。你这个傻瓜，你应该说：发臭了，快扔掉。"

帕卡拉一步一瘸地向磨坊走去，快到时，看见一个人背着一大块腌肉。"发臭了，快扔掉！"帕卡拉说。"你倒想得好，想捡个便宜。"那人笑着说，"你还是忍一忍吧！"

帕卡拉回到磨坊时，发现一大群鸟正围着他的玉米袋啄食，半袋玉米已经被啄完了。

自作聪明

有一天，帕卡拉赶着猪到集上去卖。路上，猪愣着不往前走。帕卡拉前拉、后推，大肥猪就是不往前走，一步也不肯挪动。

帕卡拉累得精疲力竭。突然，他想出了一个主意，围着肥猪转了几个圈子，然后牵起猪就走。说也奇怪，大肥猪果真乖乖地跟着他走了。

帕卡拉的邻居迎面走来，问他："帕卡拉，你要把猪赶到哪儿去？"

"嘘，别作声！"帕卡拉小声说，"这头蠢猪以为我们是往家去呢。"

过分热心

有个小伙子，家里很穷，只有一间破草屋和两头小牛犊。他长得很丑，一只眼睛的瞳孔上还有一个小白斑。村里的人都不愿把姑娘嫁给他。

这个小伙子的父亲和帕卡拉是好朋友，他们商定到外村去给小伙子物色媳妇。"好兄弟，"他父亲对帕卡拉说，"我一说起儿子，你就夸他几句。""瞧我的吧。"

他们来到一家有待嫁姑娘的人家。小伙子的父亲开始同姑娘的父亲聊起来。"我刚才说了，我儿子可是个好小伙子。""什么样的小伙子。"帕卡拉插进来说，"尽管年纪轻轻的，可是已经非常成熟、非常稳重。""他有两头牛犊。""不，不是牛犊，完全是两头大牯牛。""他还有一间屋子。""是座什么样的屋子啊！简直是座宫殿。"

小伙子的父亲最后也不得不提提儿子的不足之处。"他只有一点儿小毛病，就是左眼珠上有一个比芝麻粒还小的斑。"

帕卡拉已经说漏了嘴，不假思索地插话说："哼！根本不是一小点儿，简直是整只眼睛都快瞎了。"

仗义救新娘

帕卡拉背着一袋玉米面团在路上走,迎面来了一群娶亲的人。他们敲锣打鼓,又吵又闹,遇见帕卡拉,问他背的是什么东西?帕卡拉讨厌这帮吵吵闹闹的家伙,就谎称是鸡蛋。

"你从哪儿搞来那么多鸡蛋?""你们看见前面的那座山了吗?"帕卡拉存心想捉弄他们,便说,"那儿有的是鸡蛋。可惜我只带了一只布口袋,只能背回来这么多鸡蛋。那儿的鸡蛋多极了,怎么装也装不完。"

这伙利欲熏心的人,听说有那样的便宜事,马上争先恐后、一窝蜂地奔去捡便宜了。车上的口袋、布单、围巾等全被他们拿去装鸡蛋,只有新娘被孤零零地忘在车里。

帕卡拉看了新娘一眼,只见她满脸泪痕,一肚子委屈。新娘对帕卡拉诉苦说,她根本不愿意嫁给这个丑老头,完全是父母贪财,逼她出嫁的。新娘边说边哭,愈哭愈伤心,连铁石心肠的人也会陪着流泪的。

帕卡拉觉得新娘确实可怜,决定帮她的忙。

"你要我帮你逃婚吗?""当然愿意,可是,怎么逃呢?""你要愿意逃婚的话,就听我的。他们从山那边拐回来,还得有一阵子时间。你快下车,换上我的衣服,背起我的口袋走你的路。我穿上你的礼服,替你去当新娘。你不必为我担心,我自有办法对付他们。"

新娘听从帕卡拉的安排,急忙下车脱下身上的婚礼服,换上帕卡拉的外衣,然后背上帕卡拉的口袋,急急忙忙逃走了。帕卡拉换上新娘的礼服,爬上车坐在原来新娘坐的位置上。

不久,去捡便宜的人回来了,一个比一个气愤,异口同声地咒骂骗他们上当的陌生人。他们咬牙切齿地说,如果逮住那个骗子的话,一定要乱棒打死他才解恨。帕卡拉安安稳稳地坐在车里,低垂脑袋,用头巾盖住脸,尽管心里想笑,但还得装出非常伤心的样子,活像一个真正的新娘。

迎新娘的人有的跳上车,有的上了马,又吵吵闹闹地上了路。一到新郎家，他们就大吃大喝起来，只有新娘低头不语，闷头喝酒。不过，没有人在意，因为大家都知道新娘不满意这桩婚事，他们只奇怪新娘竟有那么大的酒量。

婚礼热热闹闹地结束了，客人先后离去。新郎拉起新娘的手到洞房去。上床前，新娘恳求新郎先上床，她要独自在房外做一会儿祈祷，因为她曾许过愿，要在新婚之夜独自做一次祈祷。怎么说新郎都不答应让她独自留在房外，他尽管已喝得酩酊大醉，但仍没有忘记新娘并不乐意嫁给他，他怕她偷偷逃跑。新娘看出新郎的疑虑，建议用绳子拴住她的脚，觉得她在外面待得太久了，可以拉拉绳子催她。

经过一再恳求，新郎终于同意了。他用绳子拴住新娘的脚，放新娘到屋外去祈祷。

帕卡拉来到屋外，看到几个喝得烂醉的客人歪在墙根打呼噜。他换上他们的衣服，又从院里牵来一头山羊，解下自己脚上的绳子，拴在山羊角上，然后跳过篱笆逃之夭夭。

新郎在屋里傻等，左等右等也不见新娘回屋。他扯了几次绳子，也没有把新娘催回来。他起了疑心，死命扯了一下子绳子，山羊受了惊，往后猛退，把绳子从新郎手里挣脱了。

"怎么回事？"新郎满腹狐疑地从房里出来时才发现，屋外根本没有新娘，只有一只怒目圆睁的山羊，正准备一头向他撞过来。

随机应变救"骗子"

有天傍晚，帕卡拉来到一个小山村。村公所门前围了一大堆人，吵吵嚷嚷地在看热闹，人堆中有个五花大绑的人。

"这是怎么回事？"帕卡拉问看热闹的人。"我们要吊死这个骗子。""吊死他？天哪！他犯了什么滔天大罪，要受到这种惩罚？""他骗人，竟敢胡说。他说在山下一个村里，有人种了棵比房子还大的白菜。你听听，他的牛皮吹得有多大！白菜居然长得比房子还大，这难道不明摆着是胡说八道吗？

可他坚持不改口，因此我们一致决定要吊死他。"

帕卡拉觉得这种处分太过分了，他得设法救这个人。他考虑了一会儿后对大家说："比房子还大的白菜？天晓得，谁见过这样大的白菜，显然，这个人是在说谎。我到处游荡，见过不少稀奇古怪的东西，可还从未见到过这样的大白菜，连听都没有听说过。不过，我倒亲眼见过一桩奇事，也是在山下的一个村里，可能就是这个人说的村子。我在那儿见过一个比教堂的钟楼还高的大锅。""什么？比钟楼还高？干吗用的？""我怎么知道！也许是用来煮那棵比房子还大的白菜。""对，就这么回事。有这么大的锅，就该有这么大的白菜。这个可怜人没有说谎，我们差一点儿冤枉了他。"

村里的人马上放了这个人，还给了他好多钱，让他别到处宣扬在这儿的遭遇。

善自为谋

一天，有人发现帕卡拉直挺挺地躺在大路上，以为他断气了。消息传到村里，大家都来看热闹。有的人哀叹他这么年轻就夭折，太可怜；有的人庆幸从此摆脱了一个讨厌鬼，说是恶有恶报。

帕卡拉没有亲人，大家决定找一口棺材把他装进去，然后抬到教堂去等候下葬。

其实，帕卡拉没有死。他只不过是装死，想看看人们的反应。

入夜，送葬的人先后离去，只有一个人留了下来。因为帕卡拉欠他四块大洋，他准备等人走完，摘下死者的帽子抵债。

不料，一伙强盗来到教堂里，他们背着大包小包来这儿分赃。他们分着分着，就吵开了，人人想多分，互不相让。正当他们吵得不可开交时，帕卡拉突然从棺材里钻出来吼道："快来人啊，教堂里有强盗！"

强盗一见帕卡拉还了魂，吓得抱头鼠窜。有的夺门而去，有的破窗逃走，一眨眼的工夫全跑得无影无踪。

这时，那个藏在教堂里的人钻了出来，打算取走强盗丢下的钱财。帕卡拉连忙制止他说："你只能拿走四块钱，其余是我的。"

帕卡拉收好钱物，又四处漫游去了。不过，从此以后，人们再也没有听说帕卡拉的下落。

以上二十六则王敏生　徐次农译

希特尔·彼得的故事

（保加利亚）

○·····················○

希特尔·彼得是保加利亚民间故事中著名的机智人物，属劳动者型，出自艺术虚构。其故事曲折有趣，富有民族特色，同时也可以看出在流传过程中，曾受到霍加·纳斯尔丁的笑话、趣事的影响。这里选入的作品，译自安格尔·卡拉利切夫编选的《保加利亚民间故事》（1963 年）和埃伦娜·奥格涅诺娃编选的《保加利亚民间故事》（1965 年）。

○·····················○

以牙还牙

有那么三个农民，他们十分嫉恨希特尔·彼得，因为他享有"聪明人"的荣誉。于是他们商量好要使点儿什么花招，来败坏他的名声。

邻近的村子里，每年都有大农贸集市，在那儿可以买卖大牲口。希特尔·彼得有一头精心喂养的奶牛，他想把它牵到市场上去卖。打定主意后，他就这样做了。

在走向市场的路上，希特尔·彼得遇见了那三个心怀鬼胎的家伙。他们提前从市场动身，有意避免同时与他相遇，以便分别与他碰面。

第一个碰见他的人，在按礼节向他问候之后，问他牵着牛上哪儿去。希特尔·彼得一点儿也没怀疑到他们有什么诡计，便向他实说是赶牛到市场卖去。这个对他眼红的人说："你这头牛这么棒，如果没有尾巴，一定能卖个好价钱，因为市场上没有尾巴的牛很走俏。"希特尔·彼得被他的话说动了心，连忙割下牛的尾巴，继续赶路。

过了一段路，他遇见了第二个对他眼红的人。这个人在他面前也像第一个那样，让他锯掉了牛角。

再过了一段路，第三个人遇见了希特尔·彼得，怂恿他割去了牛的耳朵。

希特尔·彼得牵着被割得不像样子的奶牛来到了集市。牛的周围挤满了买主。他们都很喜欢它，想把它买来配种。但是见到它那副模样又纷纷走开，谁也不愿买它了。希特尔·彼得没有办法，最后只得把它卖给屠宰场。他感到无法忍受这种捉弄，开始考虑如何进行报复。

他从集市回家，又遇见了那三个编造谎言的家伙，觉察出他们因耍弄了他而喜滋滋的。但他也丝毫不动声色，假装着感谢他们的好意。有一天，他把他们请到家里来做客。

希特尔·彼得家中有两只兔子。在客人快来到之前，他去到田野里，走到离家不远而能听到家中狗叫声的地方。他向妻子交代过：客人到家时，请他们等一会儿，并要她装模作样地派一只兔子去叫他，他会很快赶回来的。

客人到来了，而希特尔·彼得正在田地里。他妻子请他们坐下，让他们稍等一会儿，说她的丈夫很快就会回来的。说完，她当着客人的面拽出一只兔子，令它到地里去叫她丈夫。她把兔子放到了道路上。村里的几只狗一见到小兔就汪汪大叫起来，小兔则因为惊慌害怕而猛地逃跑了。希特尔·彼得在地里听到了狗叫声，很快地跑回家来。

希特尔·彼得向客人施礼说："欢迎，欢迎！"客人们见他这么快就赶回家里，赶紧问是谁把他们来到的消息告诉他的。他回答说他有一只兔子，是它到地里叫他回来的。客人们很想看看这只兔子。希特尔·彼得取来了另一只同样的兔子。客人们对他家兔子的聪明感到非常惊奇，要求将兔子卖给他们。他假装说，他实在舍不得这只兔子，但为了不使他们扫兴，还是同意卖给他们。卖的价钱比那头牛还稍稍贵点儿。

客人们捧起兔子就动身走了。但半路上却争吵了起来。因为他们都想要兔子，而一只兔子又没法分成三份。他们吵吵嚷嚷，最后达成这样的协议：每人每天只能几小时占有这只兔子。

到了离希特尔·彼得家挺远的地方，他们想试试这只兔子怎样使出它的本事。于是，三个人在路上远远地分开来，其中一人抱着兔子。像在希特尔·彼得家看到的那样，他让它请另一位朋友到自己这里来。吩咐完毕他放走了兔子。但兔子并不向他吩咐的地方跑去，而是"呼"地一下逃走了。他只能眼睁睁地瞧着它消失得无影无踪。

对希特尔·彼得存心不良的人，为他们的恶作剧付出了昂贵的代价。

一巴掌值多少钱

有一次，希特尔·彼得在路上行走。他心不在焉地想着什么，脑袋向前奔拉着，后脖颈抻得弯弯的。在他后面跟来了一个财主的儿子。这个小子想找点乐趣，"啪"的一声，一巴掌打在希特尔·彼得的后脖颈上，霎时间，把他的帽子打飞了。

那时候，财主的子孙都是些胡作非为、无法无天的家伙。对他们来说，既不需要上学校，又不干正经事儿，成天游手好闲，像疯狗似的在村子里逞威风。他们不是把某个孩子弄得大哭，就是给谁家添些灾祸。不这么干，他们晚上就睡不着觉。

希特尔·彼得不知怎么办才好，因为他也惹不起财主。然而，他还是想去找找神甫老爹。于是，他从地下捡起沾满尘土的帽子，抖了抖，便向神甫的住宅走去。到了那里，他见到神甫正坐在草席子上写超度亡灵的祈祷文。神甫老爹听完了他的诉说，回答道："唉，彼得老弟，这都是些小事。我见到他时，叫他给你一罐酒，让你喝个够。你要斟酌斟酌，是会原谅他的。"

说完话，神甫重又低下头继续写他的祷文。希特尔·彼得听到这种偏心眼儿的回答，向着他那抻弯了的后脖颈拍了一巴掌，并对他说："既然一巴掌可以用一罐酒来补偿，那么，现在我欠你的也只是同样的东西。财主儿子给我的那罐酒你拿去好了，你的话对他来说会更有效力。至于我给你的这一巴掌，你也斟酌斟酌吧！"

世界的末日

希特尔·彼得有一只公羊。他非常喜欢它。

有一次，他对邻居说："我拿这只公羊给你们许个愿：只要它闭上眼睛，你们就聚到我家里来。你们把它杀了，用火烤上，美美地吃上一顿，你们就会说我几句好话。"

但是，希特尔·彼得的邻居——酒店老板和村中财主都想尽快吃掉这只羊。于是，他们去到神甫那儿，问他怎样才能使那个狡猾鬼快点把刀子捅向那只公羊。

"没问题，这件事就交给我去办吧！"神甫说。他戴上僧帽，便到希特尔·彼得那里去了。"有什么事吗，神甫老爹？"希特尔·彼得问道。"你看起来好像有点儿心神不安。""坏了，坏了，彼得！"神甫叹息着说。"世界末日就要到来了。过了明天，也就是说在后天，末日就要来临，我们只有一天的活命了。"

希特尔·彼得用手挠了挠后脑勺，问道："你是从哪儿得到这个可怕的消息的？""书里面明明白白写着的。你不是相信书吗？""我相信。"希特尔·彼得回答。"那么，咱们现在怎么办呢？""不管它。为了快乐地度过生活中的最后一天，不妨邀几个朋友来个聚餐。我们出酒，你出公羊，怎么样？""行啊，神甫老爹！不过，这事儿最好到一个僻静的地方去办。哎，咱们就到那边的草地上来个欢乐的野餐吧，那儿有清清的小河在流淌。还有，明天咱们别忘了穿上新衣裳，这样会使大家更愉快一些。""你真是个聪明人，我没有把你看错！"神甫夸奖了彼得，接着就回去了。

第二天一大早，四个聚餐的人穿得像参加婚宴似的，踏上了河边的草地。他们把拾来的干树枝堆在柳树下面，很快点着了火，宰掉了公羊，剥光了羊皮，然后把它插在木棍上烧烤。不一会儿，连他们自己的身上都烤得奇热难当。于是神甫说："要是你愿意的话，你就留在这儿，转动转动木棍儿，直到把羊肉烤得焦黄。而我和他们两位在吃饭之前先到河里去洗个澡。""好吧，神甫老爹!"希特尔·彼得顺从地说。

神甫、酒店老板和村中财主脱掉了新衣裳，"扑通、扑通"几声，跳进了清凉的河水里。希特尔·彼得转动了几下火上烤羊的木棍，然后把他们三个人的衣服拢到一起，扔进了熊熊燃烧的火堆里。过了一会儿，洗澡的人回来了，他们到处寻找着自己的衣服。

"彼得，"他们开始嚷道，"我们的衣服到哪儿去了?""我把它们烧掉了。"希特尔·彼得平心静气地回答说。"哎呀，你疯了? 你要我们明天光着身子去见人吗?""我没有疯。"希特尔·彼得答道，"我是这样想的：明天就到世界的末日了。既然不能再活下去，我的朋友们还要这些衣服干什么呢? 还有，神甫老爹，你传教时也经常说：'我们大家都是赤着身子来到这个世界上，也是要赤着身子离开这个世界的。'"

毛驴吃煮芸豆吗

希特尔·彼得骑着毛驴到城里去。这是在一个冬天，天气非常寒冷，连树木和石头都像要冻裂了似的。这个可怜的人好容易活着挨到一个村庄。他进入一家乡村酒店，看见火炉里燃着旺旺的火苗，火炉周围坐着几个老乡。他们喝着加糖和辣椒面的葡萄酒，谁也不给他让个座位。希特尔·彼得对他们望着、望着，然后问酒店老板："有什么吃的吗?""有，芸豆煮肉，我刚从火上端下来的。"酒店老板说。"请你盛一碗芸豆，拿去给我那毛驴吃，它早就饿了。""毛驴吃煮芸豆吗?"店主笑道。"我的毛驴吃的。快，快点儿端去!""别开玩笑了，彼得大叔，难道拿我当活宝耍吗?""唉，我已经给你说过，我的毛驴能吃煮芸豆。你说，一碗芸豆要多少钱? 我这就付钱给你。""多少钱? 一个格罗什①!""给! 拿这个格罗什去。"

---

① 格罗什：旧时保加利亚的硬币名。

这件事引起了老乡们的好奇心，他们聚精会神地听着、听着。听到末了，酒店老板盛了满满一碗芸豆，给毛驴送到马厩中去了。老乡们立即起身，去看毛驴怎样吃芸豆。这时，希特尔·彼得在火炉边自由自在地坐了下来。不一会儿，酒店老板端着芸豆回来了，他说："驴子只闻了闻芸豆，可它不愿意吃。"

"蠢驴的本性！"希特尔·彼得说，"它该有什么事儿生气了。既然它不吃，那就把芸豆给我吧，我来吃掉它！"

以上四则陈九瑛译

打 影 子

一次，聪明的希特尔·彼得去赶集。集上人山人海。有一些人卖，另外一些人买，还有人在小饭馆里吃吃喝喝。希特尔·彼得在一家小饭馆的门口停下，从敞开的大门往里望了一眼。当时小饭馆的老板正挽起袖子在上十口锅的上边直忙活，而锅里的菜是一个比一个香。聪明的希特尔·彼得觉得肚子饿了，可他又身无分文。怎么办？他的背囊里只剩下一块硬邦邦的面包头。他拿出面包头，攥着伸向出气最冲的那口锅，一直让面包头在那口盖着盖儿的锅上吸足了蒸气并变软了为止。这之后他才心满意足地吃下那块面包，然后走开。

老板一直在偷偷地注视希特尔·彼得的一举一动，这时上去拦住他的路说："喂，老乡，你钱没付就准备上哪儿去呀？""我要付什么钱？""付你吃掉的东西的钱呀。""乖乖，难道你没瞧见我只闻了闻你的锅上的菜味吗?!""怎么，菜味就不值钱？为了这个你连同面包一起吃掉的菜味，我得烧柴，得担水，得做菜！"老板一一扳着指头数道。"老伙计，"希特尔·彼得简短地说，"这我都明白，但我现在身无分文，我用什么付给你呢？""你既然没钱，那就挨我十棍吧，也好让你记住吃人家的菜味是什么滋味！"老板大声说。

人们闻见吵嚷声都跑来看热闹。"行啊，你就打吧！"希特尔·彼得并不反对，相反走到太阳地里。"你举起棍子来吧，只是得小心别碰着我，就像我没碰着你的菜一样，否则我得揍你。""那我打谁？"老板不知如何是好。"你就照我的影子打十棍得了！"周围看热闹的人一阵哈哈大笑。

老板自讨没趣，溜进饭馆里不见了。

粟周熊译

希特尔·彼得和他的妻子

希特尔·彼得到林子里去砍柴，回家时被雨淋得像落汤鸡。他全身都湿透了，冷得发抖，只想快点回家，好坐在炉子边烤火、烘干、取暖。

希特尔·彼得回到家里，看到妻子躺在炉子边，炉前的位置都被她占了。

"啊，彼得！"妻子说，"你不知道，现在的雨下得多大，门口也出不去，好像在水里走一样，真是没办法！豆子也许还没烧熟，要加点儿水，但水没有。我看你已经淋得像落汤鸡。俗话说，衣服湿了不怕雨，你干脆去拿根扁担，挑两桶水来吧。"

希特尔·彼得恨得脸色发青，但不说话。他拿了水桶，到水泉去舀了两桶水。他回到家里，妻子仍躺在炉子边。这时，希特尔·彼得没有骂一句，突然把两桶水往她身上浇。妻子全身湿透，也活像一只落汤鸡。

"妻子，"希特尔·彼得说，"现在你也淋湿了，也不怕去打水了。俗话说，衣服湿了不怕雨。你去吧，快，不过当心跌倒！"

妻子只好拿了扁担，去挑泉水了。

使人受辱，就是使自己受辱

有一天，希特尔·彼得在吃喜酒，客人们想嘲笑他。他们自己吃鸡肉，把啃光的骨头丢到希特尔·彼得的脚下。

客人们吃饱后，大声说："哈哈哈，你们看，我们的彼得多么会吃，他吃了许多鸡，他脚下堆了一大堆鸡骨头！"

"我是吃掉肉，扔掉骨头；但你们的吃法却像狗一样，连肉带骨头一起吃了。"希特尔·彼得说。

两个市长

有一天，希特尔·彼得拿了一根木棍去打兔子。兔子拼命逃，希特尔·彼得紧追不放，整整追了一天。长耳朵兔子跑到了大河边，犹豫了一下，就跳河了。但它力气不够，一掉在水里，就沉了下去。希特尔·彼得站在岸上，喘着气，搔着后脑勺，不知怎么办才好。

"唉，我跑了那么长时间！"希特尔·彼得说，"天黑了，又是在异乡客地，先找个地方住下吧！"

希特尔·彼得顺着河往下游走，来到了一个村庄。他敲了第一家大门，一个女人开了门，问："你有什么事？""我找个过夜的地方。""请进来。"女主人说，"你在我们家里过夜吧。"

希特尔·彼得走进院子，女主人给他搬来了椅子，说，男主人没来前，你先在院子里坐一坐。希特尔·彼得坐下后，闻到了烧小菜的香味，往窗里一看，看到女主人用铁锅在烧鸭子。希特尔·彼得想：嗨，晚饭倒是不错！

女主人心里想，让我把鸭子放在锅里，明天客人一走，我同丈夫两人一起吃……

怎么说，就怎么做。女主人把烤鸭放在锅里，用盖子盖好，放在搁板上。

不多一会儿，男主人回来了。"家里有客人！"妻子对他说。"好啊！"丈夫回答，"把饭端上来吧，快，我饿得像狼一样了。""哎哟，我今天晚上没有什么菜。"妻子说。"那么有什么就吃什么吧。"

女主人拿来一个硬面包、三头大蒜，男主人不知道家里烤了一只鸭子，再加上饿得要命，就往嘴里塞面包和大蒜头。而希特尔·彼得却在等女主人把烤鸭端上来。

男主人吃完饭后，说："老婆，谢谢你给我们做了饭。"女主人对希特尔·彼得说："我们招待不周，但没办法！你来迟了，今晚我一点儿也没准备。"

这时，希特尔·彼得才明白：女主人有意不给他吃鸭子。就说："谢谢你们，我吃够了，吃饱了。""好，睡觉吧，明天早点儿起来。"男主人说完就走了。

女主人在炉子边给客人铺了垫子，就到丈夫那里去了。

这时，希特尔·彼得马上从锅里拿出鸭子。他吃了一半，另一半塞进自己的包里，然后喝了点儿水就睡了。

第二天他起得很早，醒来时看见炉子边有一双男主人的皮拖鞋。希特尔·彼得把拖鞋放在锅里，盖上盖子，把自己鞋上的皮放在炉子边。这时男主人进来了，说："早上好！兄弟，为什么起得这么早？""我该走了，"希特尔·彼得说，"路很远，我是个猎人，要给孩子带野味回去。""你算什么猎人，枪也没有！""我用棍子打兔子。"

男主人暗笑着问："你们那里的人是怎么生活的？""现在生活得很好。"希特尔·彼得说，"我们那里有一个城市，叫锅子城，市长是乌策·乌吉丁。在那里，有的人生活得很好，有的人生活得很苦。但自从拉保契·拉保特尼克（意为鞋子）管理城市后，过去挨饿的人都过上了好日子……现在，我要告别了！"

男主人对他的话想了半天，怎么也不明白这市长是怎样的人。

过了一会儿，女主人也起床了。她看到客人走了，马上走到搁板那里，揭开盖子，一看，红红的鸭子变成了男人的一双皮鞋。她把这事告诉了丈夫。这时，男主人才明白客人所讲的锅子城市长的话，于是他对妻子说："你自己活该！不应该把食物藏起来不给客人吃！"

女主人后悔不及。

以上三则忻俭忠　王维正译

装谎话本的口袋

　　有个狡黠的土耳其人，名叫纳斯列丁·霍加。他从安纳多拉到保加利亚来，仗着点儿小聪明到处行骗。东骗西骗了一通之后，他来到了希特尔·彼得居住的村庄。一次，这两个聪明人在神甫家的篱笆边相遇了。纳斯列丁·霍加问道："你就是希特尔·彼得吗？""我就是。"希特尔·彼得答道。"关于你，我也听说过了：你很有点儿骗人的本事。""人家那么说说罢了。"希特尔·彼得谦恭地低下头说。"关于你，我也听到过同样的说法。""喂，你在这儿干什么呀？"霍加问道。"我把这篱笆支撑一下，免得它倒了。""你愿不愿同我来个撒谎骗人的比赛？"霍加继续说。"干吗不愿意？只不过我把谎话本忘在家里了。我把它装在一个口袋里，不用的时候，把口袋挂在墙上。如果你愿意用脊背支撑着篱笆，让我回家去取来那个口袋，咱们就开始比赛。好吗？""去吧！"霍加说，"可得快点儿。"

　　希特尔·彼得拐了个弯儿就走远了。他走进一个咖啡馆，要了一杯咖啡慢慢喝着。而霍加却一个劲儿用脊梁支撑着篱笆，等待希特尔·彼得回来。他等啊等啊，等到天黑才气愤地离开。

　　第二天，霍加又遇见了希特尔·彼得。他嚷道："嗨，彼得，你昨天怎么不来比赛撒谎呀？你说要去拿装谎话本的口袋，怎么压根儿就不着面儿了？莫不是害怕了吧！""霍加，还有什么比这更大的谎话呢？我让你等我去取装谎话本的口袋，不是弄得你整天支撑着神甫的篱笆吗？"

　　霍加咬着嘴唇，火冒三丈，可什么话也说不出来。

　　"你不会是生气了吧？"希特尔·彼得继续说。"哎，咱们到树林里去散散步，怎么样？到了树荫下面，走过了养蜂房，咱们再比一比撒谎。"霍加表示同意，他们就动身了。出了村子，走进了一片树林。他们慢慢走着，不停地聊着。"在我们那儿呀，"霍加说道，"有两个太阳照着，还有长翅膀的驴子。兔子呢，在最高的树上做窝、生蛋。""你的谎撒得真带劲，霍加，"希特尔·彼得开口了，"可我不相信。""我们那儿的水是干的。"霍加继续说，"我们不是喝它，而是拿刀子割它。""啊，是这样，不过我不信你的。"

他们不知不觉走进了树林的深处。时间已过中午，他们的肚子饿得"咕噜咕噜"叫起来。"咱们早该吃点东西了。"希特尔·彼得说。"这儿有什么吃的吗?"霍加看了看他。"不知道。周围什么吃的也见不到。"希特尔·彼得向周围看了一眼。

正在这时候，有个肩上扛着小羊羔的人出现了。这是一个土财主。

"你相信吗?我能把那只小羊羔夺过来。"希特尔·彼得说道。"我不相信。"霍加回答说，"这财主是个膀大腰圆的汉子，你拼不过他。""等一等，你瞧着，可别吱声!"

希特尔·彼得一下子钻进了灌木丛中。他赶到财主的前方，把一只鞋子扔在路上，然后又一个劲儿地向前飞跑，在百来米远的路上扔下另一只鞋子。扛羊的财主走到第一只鞋的跟前，用脚踢了它一下，自言自语地说:"好好的鞋，还挺结实，可只有一只，有什么用处?"

他继续往前走，走到了另一只鞋的跟前。

"噢!还有一只!我得回去拿那一只。"他说完，从肩上放下小羊羔，把它放在草地上，转身往回走去。已经拾起了第一只鞋的希特尔·彼得，这时乘机从灌木丛中跳了出来，抓起小羊羔和另一只鞋，重又回到了霍加那儿。霍加看到希特尔·彼得略施小计巧妙地取得了小羊羔，肺都差点儿气炸了。尽管这样，他们还是一块宰了羊，生着了火。小羊羔烤熟后，两人坐下来准备就餐。

"霍加，"希特尔·彼得开始说话了。"在你吃到第一块羊肉之前，你愿意让我把你骗走吗?""你不可能。""我有可能。""咱们瞧着吧!""哎，等等，得给烤羊肉加点儿盐!哦，那边小溪的水干了，那儿有盐碱，我去抓一把回来，可以用它抹在羊肉上，完了我再来骗你。""去吧，可跑快点儿啊，我可是真饿了。"霍加回答说。他馋得快淌口水了。

希特尔·彼得下到小溪中去，看不到他的身影了。不一会儿，他大叫了起来:"哎哟，别打呀!不是我，哎哟!是霍加偷了你的小羊羔。他……他……嗨……在那上边!你找他算账吧……""那个粗脖子的财主会把我揍得粉身碎骨的。他还没过来,我还是逃走吧!"于是,霍加便拔脚飞奔了。

希特尔·彼得从小溪中走出来,一人吃掉了那头烤好了的小羊羔。

希特尔·彼得与不速之客

有个老乡常听人说起希特尔·彼得,便想见见他到底是什么样的人。于是,他决定上他家里去。为了不至于空着手上门,他在鸡笼里抓了一只鸡,拿着它串门去了。希特尔·彼得为了答谢他的馈赠,便留他吃了午饭。这个老乡吃饱喝足后,高兴地回到了家里。几天以后,又有人敲门。

"你是谁呀?"希特尔·彼得问道。"我就是那个给你送过鸡的人。""好啊,你来得正是时候,请在我们这儿吃午饭吧。"

这位老乡进到屋里,这顿午饭也还吃得比较满意。过了几天,又来了一个人。他得意地说他是那个送鸡的老乡的邻居。"好啊,"希特尔·彼得说,"你这么看得起我,请坐下来吃点东西吧。"

第二天,又来了一个人。他说是那个送鸡来的邻居的邻居。

"你说的是真的吗?那么,请吧!"于是,希特尔·彼得嘱咐家人拿来一大碗水,并请客人坐下吃饭。"朋友,"希特尔·彼得说,"你觉得这汤怎么样?如果你觉得太清淡的话,请不要见怪,因为这是上次你的邻居的邻居带来的那只鸡的鸡汤的鸡汤!"

这些客人不顾脸面,希特尔·彼得也没给他们面子。

希特尔·彼得与飞龙

从前,大地上生活着一种巨大的怪物。它们长着一对火光灼灼的翅膀,只要腾空展翅,就会飞得不见踪影。它们栖息在深邃的岩洞之中,无论人间哪里发生战争,它们都能闻风而动。它们在士兵们的头顶上发出轰隆轰隆的巨吼,并且也相互厮打殴斗着。它们头上长的利剑相互撞击时,天空就浮现出一道道闪电。这些巨大的怪物就是飞龙。后来,大地上发了大洪水,几乎所有的飞龙都被淹死了，因为它们不会游水，在空中也不能长时间飞翔——它们的翅膀退化了。只有一条飞龙生存了下来。在洪水退到江河、湖泊和大海之前，它躲避在挪亚方舟。大地变干之后，它在世界各地奔走，也来到了我们这里。它在巴尔干山的岩洞里住了下来，找到了一个老巫婆为它看家，自己则出去寻找勇士。

它最先见到的是希特尔·彼得，远远地就问道："喂，小人儿，你是个勇士吗？""我是勇士。"希特尔·彼得回答说。"那么，你能做什么呢？""我吗，我捏一捏石头，石头就能淌出水来。""我不相信。"飞龙说。"咱们可以试一试。你先拿起石头捏一捏。"飞龙从地上拿起石头来捏了捏，石头变成了盐，却没有淌水。

"现在看我的！"希特尔·彼得低下头，拿起另一块石头，趁飞龙没有注意，又从布袋中取出一块白奶酪。手掌中的奶酪同石头捏在一起，就淌出了水。

飞龙笑了起来，说："嘿，你比我的本事更大，咱们做个拜把子兄弟吧！""行！"希特尔·彼得应允道。于是，两人结拜成为兄弟。

他们一起往前走。走呀，走呀，走到了一座葡萄园，园中有一株樱桃树，树上有成熟的果实。飞龙是一个庞然大物，它伸手从树梢上摘下樱桃，一把把地送到嘴里吞食。希特尔·彼得在樱桃树下打转转，不停地舔着舌头，因为他摘不到成熟的樱桃。

"吃吧，兄弟！"飞龙叫他摘樱桃吃。"我够不着。"希特尔·彼得答道。飞龙抓住了树梢，把整棵树向下拽得弯弯的。"快摘吧，抓着树枝。"

希特尔·彼得紧紧地拽着树枝，摘下一颗樱桃正要放进嘴里，飞龙松手放开了弯曲的树身。樱桃树往上一弹，希特尔·彼得也像一只鸟一样飞过了树梢。越过樱桃树之后，他跌落在一片黑蒺藜上。躲藏在蒺藜丛中的一只打盹的野兔，惊吓得忽地蹦了出来，刺溜一下逃跑了。

"兄弟，你在干什么呀？"飞龙问道。"你问我干什么？我看见那只兔子，我就说：'你等着，等我蹦过樱桃树来揪住你的耳朵！'可是，那可怜的小东西赶紧逃跑了。"

飞龙更加感到惊奇。他们继续往前走，走进了一片到处是兔子、小鹿、麂子等野物的森林里。

　　"你愿不愿意？"飞龙提议道，"我们筑起一堵高墙，围住这片森林，就可以逮住这些野物，把它们捉来烤了吃。""我怎么会不愿意呢？"希特尔·彼得答道。

　　于是，他们就动手干了起来。飞龙搬来整块整块的山崖，开始垒墙。他力大无穷，干得挺欢。而希特尔·彼得则用泥巴填补岩石之间的缝隙。就这样，他们筑起了高墙，围住了森林，逮住了所有的野物。他们烤了一百只鹿，二百只麂子和五百只兔子，将它们串成了许多大肉串儿。他们坐下来就餐时，飞龙一口就吞食了三只兔子，而希特尔·彼得好容易才吃完一只麂子的肩胛肉。天色昏暗下来了，他们离开这儿，到飞龙住的岩洞里去睡觉。老巫婆把他们迎进了洞里。为了不使希特尔·彼得听明白，她用飞龙的语言问道："这个人是谁？""是我的把兄弟。""他是什么人？""他是比我还强的勇士。""为什么不干掉他？""怎么才能干掉？""在夜里，趁他睡着以后，你可以用那把一百公斤的锤子把他砸死。"

　　希特尔·彼得是一个聪明人，他什么语言都听得懂，也懂得飞龙的语言。听了老巫婆说的话，他很害怕，但他什么也没有说。不久，他们躺下了。熄灯之后，他悄悄地起身，跑到外面去，将一只麻袋装满石头，然后，把它放在自己躺过的地方，上面盖好了毯子。一切做好了，他躲藏到门的背后，想等着看会发生什么事情。将近半夜时分，飞龙爬了起来，拿起了那把重锤，向毯子盖着的麻袋砸了下去，麻袋里的石头被砸得火星直冒。飞龙不停地砸着，把石头砸得粉碎。末了，他说："这下可把他干掉了！"说完，他就躺下睡着了。

　　第二天清晨，希特尔·彼得从躲藏的门旮旯里钻了出来，说道："早晨好，兄弟！"飞龙瞪大了眼睛："哎哟，你还活着！昨天晚上我不是用锤子送了你的命吗？"希特尔·彼得笑了起来："是真的吗？我还以为是跳蚤咬我呢！你是没法把我弄死的，因为我的身体受到过特殊的锻炼。""怎么锻炼的呢？""用滚开的水。""那么，你让我也锻炼锻炼吧！"飞龙说，"咱们是把兄弟呀!""为什么不让你也锻炼锻炼呢?我会满足你的要求的。你去向管家老太太说,让她烧一大锅开水。"

飞龙立即叫来老巫婆,嘱咐她赶快将大锅里装满水,锅底下生起火。锅里的水沸腾起来了。希特尔·彼得让飞龙跳进一只大木桶中,又将木桶的盖子牢牢地钉紧,桶盖上只留下一个小洞。然后,他将开水从洞口灌进木桶里去。飞龙立即大喊起来:"哎哟,兄弟,我快要烫死了!""忍一忍,兄弟,我就是这样锻炼出来的!"希特尔·彼得安慰他说。

等到开水快灌满大木桶时,希特尔·彼得对老巫婆说:"让他在里面待到傍晚。这样,他会变得比钢铁还坚实的!等太阳下山以后,你可以打开木桶,放他出来。"

希特尔·彼得离开了,老巫婆在等待着天色暗黑下来。当月光洒满大地的时候,老巫婆打开了木桶,而她看到的却是被烫得龇牙咧嘴的飞龙。最后的一条飞龙就这样死去了!

以上三则陈九瑛译

埃罗的故事

（波斯尼亚和黑塞哥维那）

⊙⋯⋯⋯⋯⋯⊙

埃罗是一个劳动者型机智人物。其故事诙谐风趣，富有乡土气息，流传于波斯尼亚和黑塞哥维那各地。

⊙⋯⋯⋯⋯⋯⊙

母牛和古兰经

埃罗在卡基①家放牛。牛群里还有他自己的一头母牛。有一次母牛打架，埃罗的母牛牴伤了主人的母牛。埃罗跑去对卡基说："尊贵的阿凡提②！您家的母牛牴伤了我的母牛。""那是谁的过失呢？是不是有人逗急了它们？""没有，谁也没去逗它们，是它们自己打起来的。""那就对了！法庭不受理牲口的案子。"

"不，阿凡提，您听我说：是我的母牛牴了你家的母牛。"埃罗说。"是吗？那你等着，我看看古兰经。"说着，卡基马上伸手去拿古兰经。可埃罗抓住他的胳臂，说："慢着！既然说我家母牛被牴伤时您没看古兰经，那么您的母牛被牴伤时也没必要看古兰经。"

---

① 卡基：宗教法官。
② 阿凡提：先生，土耳其语对人的尊称。

谁的脑袋好使

　　河岸上，一个土耳其人在桥的这头用犁耕地，当时埃罗正赶着几匹驮着东西的马赶路。当埃罗与土耳其人走齐后，听见那位老兄在不停吆喝着催促自己的牛："喔——花牛，喔——！你的脑袋好使，埃罗的脑袋不好使！"这时埃罗已经上桥，只听见他大声吆喝一声，把马赶到了桥那头，自己却在这头声嘶力竭地号叫："天哪，天哪，我真倒霉啊！我太可怜了！这下子该怎么办呢？"

　　土耳其人听见埃罗的哭诉，扔下牛跑来帮忙。"快别嚷嚷了，埃罗，你怎么了？出了什么事？""天哪，天哪，我真倒霉啊！我太可怜了！我的马过了桥，我却留在了河这边。""那你就跟着它们过去呀！""得啦，还是免了吧！我可以当着上帝和圣经发誓，我过不了这座桥，打死我也过不了。""别装傻了！为什么别人都过得了，连驮东西的马也过得了，你为什么就过不了？"

　　这样说也没起任何作用，埃罗还是又嚷又号，就是不敢过桥。"喂，要是我背你过去，你能给我多少钱？""你要多少？""十二个银币。""一言为定。"土耳其人背起埃罗过桥来到河对岸，把他放下。埃罗摸了摸衣兜，说："我一个子儿也没有，老兄，我可以当着上帝和圣经发誓！""怎么会没有呢，你这头弗拉克人①的骗猪！你干吗要撒谎？快爬到我背上来！"

　　埃罗骑上土耳其人，又过了桥。土耳其人把他放到地上，说："既然你没钱付，就在这儿待着吧，你这狗崽子！"说完，又赶着牛耕地去了。埃罗却跑过了桥，大声喊道："喂，土耳其人！你说你的牛脑袋好使，而我埃罗的脑袋不好使！那我又是怎样骑在你背上来回过桥的呢？"

---

　　① 弗拉克人：居住在巴尔干半岛北部的古代罗马化居民的后裔。

给苏丹送礼

有一次，埃罗给苏丹送去从自家果园里摘下来的一筐梨。他走进苏丹的内宫，里面已经有了不少人。原来是几个士兵捉了五个贼，送他们到这里来审讯。埃罗吓得提着梨藏在一个僻静的角落里，还用缠头盖住梨，免得被人抢走。苏丹这时听完了公诉，下令说："把所有的贼都关起来！"说完便走了。士兵们把所有的贼都绑起来，顺便还抓走了埃罗。埃罗一再辩解："你们这些人神经还正常吗？好好看一看呀，我是给苏丹送梨来的。我埃罗根本就不是贼的同谋！"士兵们哪里听得进去！他们认定他是个骗子，把他和那几个贼也一同扔进了牢房。

一年以后，苏丹决定巡查一遍囚犯，问问他们都是因什么罪坐牢。据他说，说不定会赦免一些罪犯。轮到埃罗时，苏丹叫他："喂，埃罗，你是犯什么罪坐牢的呢？""仁慈的苏丹啊！我什么罪也没有！去年夏天我给您送来一筐梨，可士兵们不分青红皂白把我绑了以后同那些贼一同打进牢里。看在您康健的圣体的份儿上，求您开开恩吧！"苏丹看埃罗可怜，当时就对司库下令说："你把埃罗领进我的宫去，他爱拿什么就拿吧！"

司库把埃罗领进宫里，把苏丹的话告诉了他。"你看，"司库说，"这个箱子里有钱，你随便拿吧！"但埃罗只拿了十个铜板，然后开始满屋里找什么东西。最后又从书柜里拿了厚厚一本书，还拿了在角落里找到的一把斧子。

他的这些举动引起了司库的疑心。他带埃罗去见苏丹，报告说：埃罗只拿了十个铜板、一部古兰经和一把斧子。

苏丹笑了，把埃罗叫到跟前，问他："喂，亲爱的，你为什么拿这么少的钱？""再多的钱对我也没用！我拿十个铜板去买一双鞋，免得光脚走路回家。""那干吗你还要斧子？""拿去砍那棵梨树！""古兰经呢？""拿去发誓。回到家以后，把一只手放在古兰经上，发誓今生今世再不给苏丹送礼。"

苏丹一阵哈哈大笑，责令国库给他支付薪俸。这笔钱一直要让他领到老死。

带鞋上树

土耳其孩子们发现埃罗穿一双崭新的红鞋来到集市广场，就有心要偷过来，只是还不知道该如何下手。他们开始围在埃罗身边转来转去。埃罗不用说也嗅出了这里的气氛有些不大对头，就是还不知道祸将从何而至。孩子们央他爬到桑树上去，帮他们摇更多的桑葚下来。这时埃罗才明白他们的用心。但是孩子的话又不能不听。

埃罗把鞋脱下揣在怀里，爬上了桑树。孩子们在树底下冲他嚷道："喂，埃罗，你干吗把鞋也带到树上去？""唉，我的孩子，谁知道这条路会把我带到哪儿去呢？"埃罗回答。

死刑判决

埃罗受雇给苏丹当侍从。他们议妥了工钱，说好要是发现埃罗什么时候胆敢欺骗苏丹，他就得掉脑袋。有一次其他侍从向苏丹告密，说埃罗好像是偷吃了花园里的无花果。

苏丹叫来埃罗，对他说："喂，埃罗，我曾经相信你，现在不再相信了！你欺骗了我，这就是说，是你自己找死。这只能怪你自己！不过，看在你跟随我多年和念及你的忠心，我让你选择你认为较为合适的死法！""你说话真的算数，最尊敬的苏丹？"埃罗问。"我向你发誓，一定算数！"

埃罗于是说道："要是这样，最尊敬的国王，那我愿像我那已故的父亲一样老死。"

苏丹笑了，饶了埃罗。

以上五则粟周熊译

盖尔什的故事

（东欧犹太人）

盖尔什是个劳动者型机智人物。其故事大多表现故事主人公诙谐多智的特点，往往令人忍俊不禁，在东欧的犹太人当中流布，不胫而走。

修 公 鸡

还在童年的时候，盖尔什就爱开玩笑。

有一次，他抱着只公鸡去到隔壁的钟表匠家，对他说："霍特大叔，妈妈求您帮忙修一下公鸡。""你疯了？我只修钟表啊！""所以我才来求您。这只公鸡就是我们家的钟。它过去都是六点钟把我们叫醒，可最近一个星期都是六点半才叫，就是说，晚叫了半个小时，霍特大叔，您就帮修修吧！"

预支定金

逾越节①快临近了，然而穷的叮当响的盖尔什却没钱过节。他想啊，想

---

① 逾越节：犹太民族的主要节日。犹太历以此节为一年之始，约在阳历三、四月间。

啊，终于想出了办法。他找到丧葬协会①，哭天抹泪地痛号一番，说他的妻子已经亡故，可他连丧葬费都出不起。协会给了他一笔钱，并订下出殡日期。

盖尔什拿到钱后，赶到集上去买了无酵饼、鱼、土豆及其他过节所需食品，然后一口气跑回家，说："你看，我的爱妻，过节的货都办齐了！"

临过节前一天，丧葬协会的工作人员带着给死者洗身用的木板来到盖尔什家。进门一看，一个个都惊呆了：死者正站在锅台前若无其事地忙活过节宴呢。

这些工作人员险些都吓瘫了，忙问道："盖尔什，这是怎么回事？你说妻子死了，可她还在这里收拾鱼和擦姜丝！"盖尔什却忙着安抚他们说："没事儿，没事儿，我的亲爱的，她反正都是你们的，因为她迟早总得死。就算我从你们那里预支定金好了。"

圣　靴

众所周知，盖尔什是个穷光蛋。夏天的时候他穷得都补不起靴子。等到了秋天多雨的季节，他还穿着那双已经无法修补的靴子。在秋雨绵绵的一天，盖尔什在小酒店里碰见一个哈西德派②教徒，那人是波列赫·图尔钦斯基长老的狂热崇拜者。这个哈西德派教徒认识盖尔什，因为他们常在长老家门口见面。

那位哈西德派教徒一看见盖尔什的靴子，摇了摇头后问他，为什么还不把这双破靴子扔进污水池里。盖尔什吓得忙向他摆手，说："嘘——！看在上帝的面上，快别说这种亵渎神灵的话吧，老爷！上帝会为这些不恭的话降罪于您的。您知道这是谁的靴子吗？就是咱们长老的啊！"

哈西德派教徒不再吱声，虔诚地打量着那双"圣靴"。盖尔什又接下去

---

① 丧葬协会：一种旨在为贫苦犹太人举行葬礼的慈善机构，其费用由富人的丧葬费弥补。
② 哈西德派：18世纪上半叶出现在波兰、乌克兰犹太人中的犹太教神秘教派之一。

说道："自从我穿了这双靴子，就再也没得过病。就是胃病也没犯过。"这时哈西德派教徒赶紧求盖尔什把靴子卖给他，答应除给钱外还额外奉送自己穿在脚上的那双新靴。最后盖尔什同意三个卢布卖出，两人于是互换了脚上的靴子。

"只是下这么大的雨我怎么走路？您看，右脚上这只有多大一个窟窿啊！"哈西德派教徒问。"我也没法子！"盖尔什回答，"您可以去找个锥子来，在另一边再锥个窟窿，这样就没事儿了：水从一个窟窿进去，再从另一个窟窿出来。"

勺子和鹅

有一次过节，盖尔什同哈西德派教徒在长老家用餐。上汤和勺子时，就忘了给盖尔什一人送勺子。长老发现了这一情况，对他说："盖尔什，你只要咳一声，就给你送来了。"结果盖尔什咳了好几声，仆人才给他送来勺子。

饭后长老要上厕所。过一会儿从厕所里传来一阵咳嗽声。盖尔什马上抓起一把勺子，跑到厕所门口，把勺子从门缝里递进去，说："这是给您的勺子，老爷！"长老火冒三丈，回来后对哈西德派的教徒们说："盖尔什用勺子来开这种玩笑太出格了，他应该受到惩罚。你们想想看，该怎么惩罚他呢？"

这时端上来一只烤鹅，把盖尔什馋得直舔嘴。于是那些哈西德派教徒说，"我们就把整只烤鹅都给了盖尔什吧。他怎样对付这只烤鹅，我们就怎么对付他：他要是掰断鹅翅膀，我们就掰断他的胳臂；他要是扯下它的腿，我们就也卸了他的大腿。"

盖尔什看到情况不妙，赶紧把烤鹅掉转来舔它的屁股。

脏裤子当晚饭

一次，盖尔什住进一家小客店。老板不在家，老板娘对他这个旅客态度很不好。盖尔什闻到一股甜馅饺子味，问她在煮什么，她却说："什么也没煮。是我在洗衣服，把装有脏衣服的锅放进炉子里，让衣服在里面煮一会儿。"盖尔什什么话也没说，默默地爬上楼去休息。老板娘吹灭蜡烛后也睡觉去了。

这时盖尔什悄悄爬起来，从锅里捞出几乎所有的甜馅饺子，高高兴兴地饱餐了一顿。然后脱下裤子，把它放进锅里，再把锅放回原地方。

夜里，老板回到店里，饿得忙催妻子把饭端上桌。老板娘从炉里取出锅，再把锅里的东西倒进盘子里。但是一看，简直是吓死人：从锅里掉下来几个饺子，还有一条湿淋淋的裤子。

一阵惊叫声把盖尔什惊醒，对他的责难他只是老老实地回答说："我什么也不知道。老板娘告诉我，说她在锅里煮衣服，所以我也想把我的裤子放到里面去煮一煮。我怎么能知道她把脏裤子当晚饭端上桌来呢？"

父亲的行动

一天晚上，盖尔什找到一家小客店投宿。老板不在家，老板娘则说什么也不愿给这个穷鬼做饭。盖尔什于是说："那好呀，我就只有学我父亲在这种情况下所采取的行动了。"说完，他开始在房间里前后地踱起步来。

老板娘吓坏了，问他："您父亲在这种情况下都采取些什么行动？"盖尔什回答："这不关您的事。"老板娘更害怕了。她稍加考虑了一会儿，往桌上摆上饭菜，还没忘了摆上一瓶烧酒。客人酒足饭饱后，好奇的老板娘问他："我请您说说，您说要学您父亲在这种情况下所采取的行动是什么意思？在这种情况下他都采取些什么行动？"盖尔什回答："很简单，我父亲要是知道没有晚饭，就饿着肚皮躺下睡觉。"

油乎乎的汤

一次，盖尔什进一家小酒馆去吃东西，看见给一位顾客端上一碗油乎乎的汤，上面浮着不少的油花。盖尔什把老板娘叫过来，说他也要这么一碗汤，并答应一个油花付给她三个戈比。

贪婪的老板娘决定从盖尔什身上大捞一把，该往汤里放一汤匙鹅油却放了六匙。当她把汤端上桌时，让她痛心的是，汤的表面是一层油，也就是说，只是一个油花。

盖尔什就等着这一着呢。他心满意足地喝完汤，付过三戈比后便做自己的事去了。

快别吓跑了贼

一天夜里，几个贼钻进盖尔什的家。他们在空荡荡的屋里翻腾了一阵，什么也没找着，已经打算离去。但这时妻子捅醒了盖尔什，焦急不安地告诉他家里进了贼。

盖尔什欠起身子，忙用手捂住妻子的嘴，说："小声些，小声些，快别吓跑了贼，说不定他们走时还会留下什么呢。"

不是那一百卢布

有一次，盖尔什找到财主什洛伊梅，对他说："我要聘闺女，已经找到女婿。但女婿提出要不少于二百卢布的嫁妆。我现在只能出一百卢布，还差一百卢布。这一百卢布我想向您借。"

不过财主什洛伊梅也没傻到愿把一百卢布借给穷光蛋的地步。他说："盖尔什！你也知道我没有钱。不过我可以给你出个主意。你说可以找到一百卢布，那你就可以在举行婚礼前把它们当成现款交给新郎，剩下那一百卢布你可以答应以后再给，骗骗那小子。"

"什洛伊梅老爷！"盖尔什突然大叫一声，"问题是我现在找到的就是这一百卢布。"

如此断案

有两个人来找盖尔什打官司，要他给判断出谁是谁非。盖尔什仔细地听了原告的申诉，对他说："是啊，你绝对没错！"

被告开始陈述自己的理由。盖尔什也是仔细地从头到尾听了一遍，然后说，"你完全正确！"

这时盖尔什的妻子说话了。她气呼呼地问道："打官司的双方怎么能都没错呢？"

盖尔什沉思默想了一会儿，对她说："你知道吗？你也是对的啊！"

我还您石块

盖尔什的一个朋友有一次对他说，赫梅利尼克有个财主开了一家路边客栈，但他不让穷人去住。要是碰上有叫花子去讨饭，他还会说："我可以给你石块，而不是钱！"盖尔什听说之后，说："这样的守财奴得好好教训一下，尤其是石块的事。这两天我就要去赫梅利尼克，到那里后我一定去找这条老狗算账。"

一星期后盖尔什从梅吉波什去了赫梅利尼克。仅他的行李就有三口又沉又重的崭新皮箱。到赫梅利尼克后他叫人把行李送到那个财主开的客栈。老板一见来客带着三口又沉又重的皮箱，马上对他满怀敬意，并不要他先付钱，心想以后一定会给他一大笔。

两个星期过去，客人告诉老板说，他有事要出去一天，不想带走这些箱子，想把它们留在店里，托付给像他这样可靠的人看管。"不过，"客人警告说，"看在上帝的面上，您可得小心，因为里面都是一些贵重东西。可千万别出事。至于结账嘛，等我回来再说。"

客栈老板向他保证东西将会完好无损，盖尔什这才放心走了。可他这一走就再也没回去。

回到梅吉波什之后，盖尔什将这件事的详细经过告诉了那位朋友，后者还为财主白捞到那三口皮箱感到惋惜。但盖尔什叫他放心，说箱子是从那个财主的儿子手头借的。这个儿子住在梅吉波什，知道盖尔什把箱子留在他父亲的客栈，就算是还给了他。

等吝啬的财主从儿子那里知道是把皮箱还回来，打开一看，发现里面全是石头，还有一张字条，上面写着："您习惯对穷人们说，您可以给他们的不是施舍，而是石块，这次我就以所有穷人的名义还给您这些石块。盖尔什。"

以上十一则粟周熊译

艾哈默德阿海的故事

（乌克兰）

○·····················○

艾哈默德阿海是一个劳动者型机智人物。其故事大多辛辣
而耐人寻味，流传于乌克兰的克里米亚半岛一带。

○·····················○

智慧之药

奥津巴什的毛拉①恨透了艾哈默德阿海，宣布他为白痴。艾哈默德阿海
为此很生气，于是离开了奥津巴什。他流浪了很长时间，最后来到阿杰米斯
坦。他想在这里学到聪明才智。他在阿杰米斯坦住了整整一年，但仍找不到
智慧之源，就这样一无所获地离开了那里。他漂洋过海，上岸后穿过夏季山
地牧场，然后往下朝奥津巴什走去。

眼前的低处已经就是故乡，已经能听到狗吠和鸡鸣，可艾哈默德阿海还
想不出任何向毛拉证明自己天资有长的好办法。他陷入深深的苦恼之中，走
路都低着头。突然，他看见路上有一摊兔粪蛋儿。他赶紧摘下头巾，用它包
了整整三奥卡②。再往前他又遇见一堆绿土。他掬起一捧这种土，倒进那包
粪里。艾哈默德阿海向村里走去，拎布包的那只手一直抖个不停。他在走路

---

① 毛拉：对伊斯兰教学者的尊称。
② 奥卡：旧时重量单位，相当于 1.2 千克。

的时候，那些兔粪蛋儿跟绿土掺和到了一起，结果它们也成了绿色。

艾哈默德阿海走进奥津巴什，对谁都不理不睬。奥津巴什人纷纷向他打招呼，他也不吭一声。"艾哈默德阿海，你好！艾哈默德阿海，你好！日子过得好吗，到过什么地方？"可他还是闭口不响。"你怎么啦？连我们跟你打招呼都不理？你作为阿凡提，这是在瞧不起我们啊！亲爱的老乡，难道你变聪明了？""是的，我是变聪明了。"他回答。"那你是怎么做到这一点的呢？""我到过一个跟咱们买卖油盐一样买卖智慧的国家。现在我的智慧比你们这些人都多。"

"既然如此，"他们对艾哈默德阿海说，"你为什么不多趸些智慧来卖给我们呢？""我是弄来不少，但是太贵，恐怕你们都买不起。""人世间的智慧可是无价之宝！管它贵不贵，只要是有，你就拿出来吧。""你们既然想买，我可以卖给你们，只是每个人不会得到太多。""不是说吃上一点儿也能变得聪明吗？""那你们都到清真寺前去集合吧，不过一定得把毛拉也叫来。"

全体村民都来到清真寺前，毛拉也来了。

艾哈默德阿海在广场中央坐下，打开布包，说："每粒小丸卖三卢布。""没问题！你尽管卖吧！"人们立马上去抢购一空，身上带多少钱就买多少，没有一个买少于三粒的。有人还买了三乘三的数目。毛拉想使自己变得比别人都聪明，一个人就买了整整三十粒。最后艾哈默德阿海一粒小绿丸也没剩下。

奥律巴什的毛拉把小药丸藏好，问艾哈默德阿海道："现在请你说说，我该怎么服用才能更快变得聪明起来？"艾哈默德阿海回答说："吃晚饭的时候，你可以把一粒放在嘴里细细咀嚼。三个小时以后再服用一粒，服用方法同前。最后，临睡前服用第三粒。等你上床睡觉，服下去的智慧之药顿时药性大发，这样你就变得聪明起来了。"毛拉又问："现在我可以试一粒吗？""为什么不可以？既然我把钱都收下了，你买下的东西就归你了。既然已经属于你，那就请随便享用吧。"

毛拉不仅想变得比别人都聪明，而且想比别人最先变得聪明，所以当场就往嘴里扔进一粒药丸，并且把它嚼碎。突然，他那双眼睛瞪得老大，大声嚷了起来："你这是把什么东西卖给我了？这可是兔粪蛋儿啊！"艾哈默德阿海不慌不忙地回答道："瞧瞧，刚吃下一粒就知道这是什么东西。要是把三十粒都服下，那不变得聪明绝顶才怪呢。"

夫妻拌嘴

有一次，艾哈默德阿海身无分文地来到一家咖啡馆，说道："我在世时见过我的人啊，请你们听着！我饿死了，得为我举行安葬仪式。我的葬礼得花很多钱。请先把这笔钱的十分之一交给我做定金吧。"就这样，人们给他端上来吃的，他于是把葬礼又推迟了一天。

第二天，艾哈默德阿海肚子又饿得咕咕叫。而奥津巴什的咖啡馆正在为那些阔佬炸肉串，烤甜点心，成千上万种令人馋涎欲滴的味道直扑向艾哈默德阿海的鼻孔。

艾哈默德阿海虽是个穷光蛋，但人很聪明。这次他又想出了高招儿，对妻子艾舍舍法说："我的爱妻，我准备拿上一根大棒追你，你就只顾嚷，拼命地躲开我的追逐。你可以直接跑进咖啡馆，到那些在里面大吃大喝的顾客中去寻求保护。至于下面怎么样，等你往店老板给有钱人专设的咖啡桌旁一坐，便看出名堂来了。"

他们说干就干，艾哈默德阿海提着一根楝木大棒，在奥津巴什城里的大街小巷紧追妻子，妻子则嗷嗷叫着径直跑进咖啡馆。艾哈默德阿海穷凶极恶地尾随而至。"救命呀，救命呀！他要打死我啊！"艾舍舍法直嚷嚷。

一听艾哈默德阿海的妻子喊救命，财主洪苏巴依从桌旁站起，大声说："看在真主的面上，你们这是怎么回事？"艾哈默德阿海根本不理会巴依，照旧冲妻子嚷道："你要再不听我的话，我现在就当着众人把你……"说着，抡起楝木大棒从洪苏巴依头上朝妻子打去。财主险些让艾哈默德阿海的大棒击中脑袋，吓得半死，赶紧压低声音对他说："哎呀呀！你太激动了。我求你还是消消气吧。是不是坐下来跟我一同进餐呀？"

艾哈默德阿海夫妇俩对这一邀请正求之不得，马上在财主的桌前坐了下来。这时服务生给巴依端来一只大银盘，上面直冒放了胡椒粉、洋葱和洋芫荽的炸肉串的香喷喷的热气。艾哈默德阿海一见如此可口的菜，顿时饿得哼哼直叫。洪苏巴依问他："请你当着真主的面告诉我，干吗火气那么大，而且到现在都还对坐在对面的妻子龇牙咧嘴的?"

艾哈默德阿海根本没去听洪苏巴依的唠叨，而是两眼直盯着银盘，一边哼哼叫着，一边对坐在对面的妻子说："我要是在来这里的路上抓到了你，一定会抓住你的头发，就这样在地上拖着……"他边说边两只手将盛炸肉串的大圆银盘拉到自己面前，"而且，抓住你的脑袋以后，就这样抓住你……把你给转过来……"他边说边将盘子转过来，让最肥的那块肉冲着他。

饱吃一餐过后，在回家的路上咱们的这位宝贝对妻子说："你想过没有，亲爱的艾舍舍法，要是所有的夫妻拌嘴也跟咱们这次一样，那他们也会有这么一顿可口的晚餐吗?"

物归原主

隆重的古尔邦拜兰节头一天的傍晚，艾哈默德阿海去找到奥津巴什的伊玛目①说："你要来了老百姓那一百三十只祭祀用羊的一百三十张羊皮，在这神圣的拜兰节的四天里就放在我家吧，我会像真主那样保管好的。"伊玛目说："很好。"他还很想看到艾哈默德阿海一张张地往家里拖这些羊皮。这位伊玛目跟所有的伊玛目一样，也很乐意看到别人为他劳动。

艾哈默德阿海将一百三十张羊皮堆放在自己住家的地下室里，而精细的伊玛目还满心欢喜地往门口挂了三把大锁，就是没发现地下室有扇窗户是破的。

艾哈默德阿海从破窗户钻进地下室，将三张油乎乎的羊皮撕成碎片扔下，其余的都转藏到另外一个地方。他再到伊玛目家，从链子上解下看家狗，领回自己家，从破窗户送进地下室。

---

① 伊玛目：穆斯林集体礼拜的领拜人。

古尔邦拜兰节一结束，伊玛目赶了一辆大车直奔艾哈默德阿海家，打开三把挂锁，进到地下室，想把那一百三十张羊皮装车运到巴赫奇萨赖的集市上去卖。

可伊玛目见到的是：他亲手锁好的地下室空了。他问艾哈默德阿海："你可是保证过，说你将像真主那样看管好我的这批羊皮，直到拜兰节结束。为什么你没能看好？如果你信守了诺言，那为什么我没见到羊皮？要不你就是个可耻的骗子？"

精明的艾哈默德阿海对伊玛目说："我曾是个老实人，而且现在变得更老实了。但是你那狡猾的狗看来是向你学到了不少耍滑的秘诀。在咱们奥津巴什的狗中它大概也成了伊玛目。就在你过自家的拜兰节时，那狗看来也在过它的节。"说着，他还指了指正在撕咬那三张破皮的狗。伊玛目瞅了一眼，才相信艾哈默德说的是真话。

最后艾哈默德阿海将这些羊皮分发给乡亲们去做皮鞋。

炼 金 术

有一次，艾哈默德阿海犯了过失，汗对他说："你这个恶棍理应判处死刑的，但是说不定你有某种对我的国库有用的本事。你只要说出来，我就免你一死。"

艾哈默德阿海说："我会把炭火变成黄金。这对你的国库有用吧？你说有没有用？要说有用，就快给我一盆水和一块炭火。咱们先试着变出一块价值能买下你这座皇宫的黄金。"

汗的侍从们根据主子的吩咐拿来了艾哈默德阿海所需的一盆水和一块炭火。"现在我就念咒语，再把炭火扔进水盆里。它嗞嗞地响着，冒着小气泡，马上就变成了黄金。但是得有个条件：端水盆的人不能是个白痴，否则他自己就会变成炭块。"

汗皱着眉头，叫司库去端水盆。司库这个人还不算糊涂，赶快提议道："汗，我想最有资格端水盆的应该是您的管家。"管家也一脸苦笑地赶忙声明，这事最好是由大臣去办。大臣马上面露惧色，宛如骆驼见到了要驮的重物。他两手触地，恭恭敬敬地对国王说："汗啊，我这双卑贱的手可不能去端用以盛地球上最纯洁和最有威力之物的容器，只有您那双帝王之手，才配去触摸这金属之王！"

这时艾哈默德阿海说："陛下啊，您可得小心，他们一个个都溜了。好了，抓紧时间，您自己来端水盆吧。"汗回答说："你滚吧，我饶了你啦。"

聪明的大棒

奥津巴什的艾哈默德阿海有六个朋友：老大、老二、老三、老四、老五和老六。拜兰节那天，他们穿了一色的红皮靴来找艾哈默德阿海，咱们的这位机灵鬼却正好不在家。兄弟六个于是爬上他的房顶，垂着腿坐下来等候。他们聊起了大天，天南地北地胡侃了两个小时。后来有一个看了看下面，大声惊呼道："哎呀呀！咱们的脚都一样啊！现在怎么才能分清哪双脚是谁的呀？又怎么才能站起来离开这儿呢？"

其余的人也往下瞅了瞅，看到的也是一模一样的脚，简直分不出这十二只脚中哪一双是谁的。这六兄弟跟所有的奥津巴什居民一样，平常只要有了难题，都来请教艾哈默德阿海，所以这次老六也说："咱们不用着急，再等等他吧。等他回到家就能帮咱们解决这个难题了。他一定能给咱们指出来哪双脚是谁的。"

傍晚时分，艾哈默德阿海果然扛着一满口袋的东西，手里拿着好些粗藤条捉鹌鹑回来了。"艾哈默德兄弟，"六兄弟央求道，"我们可倒霉了！粘在你的房顶上了！大早起我们就在这儿等你，老等你也不回来。我们都早该回家了。我们得站起来，但大家的脚都一模一样，像果汁和酸羊奶掺和在一起，都分不出哪一双是谁的了。我们担心弄错，可别把别人的脚当成自己的。请你行行好吧，帮我们公平地分分，找出每个人的脚来。""真主啊……"艾哈默德阿海说，"不过你们也别着急。咱们一定能解决这个难题，找到你们各自的脚就是了。"

说着，他往一边走两步，抡起长长的藤条一甩，一下子抽在这十二只脚上。坐在房顶上的六兄弟顿时找到了自己的脚，像兔子一样蹿了起来，喊道："这下子找到了！找到了！这就是我的脚呀！""艾哈默德阿海，你的大棒真聪明啊！"六兄弟对自己的老师说，"我们六个人都分不清的东西它一下子就给分清楚了。""这不是大棒，"艾哈默德阿海回答他们说，"是藤条。我的大棒还要聪明，谁想学什么它都保管教会。"

以上五则粟周熊译

巴拉基廖夫的故事

(俄罗斯)

○————————————○

巴拉基廖夫是俄罗斯的一个有名的机智人物，在故事中常常以小丑的身份出现，而且有不少与沙皇交往的趣闻。其故事大都内容健康，滑稽有趣，颇受民众喜爱。

○————————————○

替牧师解闷

有一次，巴拉基廖夫到地里耕地去了。牧师觉得很无聊，便对牧师太太说："老婆子，我找小丑巴拉基廖夫去，让他替我解解闷。"说完，直奔巴拉基廖夫的家，问女主人："你们家的巴拉基廖夫在哪儿？真可惜我没能在家碰到他，要不他能替我解解闷。""老爷，他就在附近耕地呢。就在那儿，在仓库后面。""好吧，我找他去！"

巴拉基廖夫看见牧师正朝他走来，脑子便转开了，心想："他呀！大概是来找解闷的。行啊，我就来替他解解闷！"他摘下帽子来藏在垄沟里，牧师向他走过来，打招呼道："上帝保佑你，巴拉基廖夫！""谢谢，老爷！""巴拉基廖夫！我今天太无聊了，真不知如何消磨时间才好。你来替我解解闷吧。"巴拉基廖夫摸摸头，说："唉，老爷，我把帽子落在家了，可故事都在帽子里搁着，没有它我可无法替你解闷。""那咱们可怎么办好呢，巴拉基廖夫？"牧师问。"这样好了，老爷！您把您的帽子给我。我戴它回家去取帽子。否则光着脑袋跑起来很不体面。"

牧师摘下帽子给他。巴拉基廖夫戴上便要跑,临跑前还说:"老爷,你就在这儿待着吧,趁此机会马也可以歇歇。"然后直接回村去找牧师太太,对她说:"太太!老爷叫我来找您,叫您装满这两帽子的钱给我,由我给老爷送去。老爷要买村子,所以急需钱。"牧师太太把所有的钱都搜罗起来。"巴拉基廖夫,钱不太够啊。""没关系,这也够了,太太!"她于是给他装钱。他拿到钱后却不去找牧师,而是到处玩去了。

牧师等呀,等呀,还是不见小丑巴拉基廖夫。可是又不便回家,因为巴拉基廖夫的马还留在地里。不过最后也还是坐腻了,又变得无聊起来。"我要回家了!他干吗要走这长时间?"回到家后太太问他:"怎么样,老爷,那钱够了?""什么钱?""巴拉基廖夫不是跑来说,是你派他来取钱的吗,说是你急等钱买村子。"

这时牧师不再觉得无聊。他跑到小丑巴拉基廖夫家,问道:"巴拉基廖夫在哪儿?"女主人回答说:"老爷,他耕地去了呀,还没回到家呢。""他从我太太那里骗走了两帽子的钱。"牧师回答说。"老爷,这我可都还蒙在鼓里哩。"牧师只好快快不乐地回家,进家后对妻子说:"瞧,巴拉基廖夫可真是给解了个大闷!看来呀,那笔钱怕是要不回来了。"

魔　帽

两个星期以后,小丑巴拉基廖夫回来了。"您好,老爷!""你好,你好,巴拉基廖夫!你这是怎么搞的呀,巴拉基廖夫?""您这是指的什么,老爷?""指你骗了我太太的钱!她差不多把两帽子的钱都给了你。""老爷,这些钱不会丢的。我得找这么一笔钱去买一顶魔帽。要不这样您是不会给我这笔钱的。瞧,这就是一顶魔帽,老爷。""这顶帽子能干什么?""老爷,只要戴上这顶帽子,不管上哪儿都不用愁没钱花了。我知道您也一定会喜欢的。您如果想要这顶帽子,老爷,那就还得再给我一帽子钱。您要是不信,那请您再去叫上两个老爷,明天咱们一道出去玩,你们就会看见这顶帽子有些什么神通了。"

之后，小丑巴拉基廖夫走进一家饭馆，付过钱后对老板说："老板，你可得注意，待我带老爷们来这里玩时，等我们花完这些钱，我就问你：'老板，咱们账目两清了吧？'你就说：'没有。'我再说：'那这帽子是干什么的？'你就说：'那就清了。'"接着巴拉基廖夫又进了另一家饭馆，付过钱后又把对第一家饭馆老板说的话对这家老板重复了一遍。到第三家饭馆去又说了一遍。

把这些都安排停当后，小丑巴拉基廖夫带上三个牧师到第一家饭馆去。他叫了菜和水酒，把牧师们灌了个烂醉。看来还花剩十来个卢布，但他并不计较这些，而是说："怎么样，老爷们！在这家饭馆里咱们也喝够了，上第二家去吧。""是啊，是喝够了！"他们站起来往外走，巴拉基廖夫跟在他们身后。"怎么样，老板，咱们账目两清了吧？""清了？快给钱吧！"巴拉基廖夫于是说："那帽子是干什么的？"老板说："那就清了。"他又说："你们看见了吧，老爷？""看见了，巴拉基廖夫！你说得对，这真是一顶魔帽啊！"

他们来到第二家饭馆。"你们请就座，老爷。"他们就座。巴拉基廖夫喊道："快给老爷们上好酒和好菜！"老板端上酒和酒菜。他们这次可能花了三四十个卢布。"怎么样，老爷，喝够了？""够了，巴拉基廖夫。""那咱们再到一家饭馆去吧。""行啊，走吧！"老爷们大声说。他们四人又站了起来。小丑巴拉基廖夫走到老板跟前，问道："怎么样，老板，咱们账目两清了吧？""怎么会清了呢？你还没付账啊。"于是巴拉基廖夫去扯帽子，又问："那帽子是干什么的？"老板回答说："那就清了。"牧师们都看呆了：那真是一顶魔帽啊。

他们来到第三家饭馆。他又叫他们就座，大声喊道："老板，快给我们上两瓶好白兰地，兴许还有鹅肉下酒菜吧。"老板把他们要的都端了上来，他们还要了甜柠檬汽水。在这里他们可能又花了二十五六个卢布。"怎么样，"他问，"老爷，喝够了吧？""够了。"老爷们回答。"那咱们回家吧！"他走到老板跟前去问道："怎么样，老板，咱们账目两清了吧！"老板说："怎么清了呢？你还没付钱呀！""那帽子是干什么用的？""那就清了。"

牧师们往外走时，喊道："巴拉基廖夫！""什么事，老爷?""把这顶魔帽卖给我们吧。""行啊，我卖。可是我自己以后怎么办？你们也知道，我花了快一帽子半的钱才买下来的。我看这样得了：你们要是真想买，就给我扔下仨帽子的钱，我再去买一顶新的。"

另外两个同意买下，可这一位说："巴拉基廖夫，你是用我的钱买的?""是的，老爷，是用您的钱买的。""那就这样吧，我再付给你半帽子的钱。""随您的便，老爷，但是少于仨帽子的钱我不卖。"最后，他们还是同意付给他仨帽子的钱。巴拉基廖夫拿到钱便回家去了，帽子留给了牧师们。

第二天，一个牧师戴上那顶帽子，他们三人进了头天去过的那家饭馆。他们进去便叫了菜和酒。他们这次喝得更多，也吃得更多（反正不用花钱，有帽子在呢）。后来，叫酒和菜的那个人说："怎么样，咱们喝得差不多了吧，也该爱惜帽子才是！"他走到老板跟前去问道："怎么样，老板，咱们账目两清了吧?""怎么会清了呢？快付钱吧！""那帽子是干什么用的?"老板对此回答说："你的帽子关我什么事！喝了酒就得给钱！"牧师们只好付钱。他们走出这家饭馆，其中一个说："你大概是没戴对，让我来戴吧，我去算账！"

他们进了第二家饭馆，又是叫酒和菜，又是大吃大喝。等喝足了，也吃饱了，戴帽子的那个牧师说："够了吧?""够了。""那咱们走。"他们起身走到老板跟前，问道："怎么样，老板，咱们账目两清了吧?""怎么会清了呢？钱都还没付啊！"戴帽子的那位牧师去摸帽子，问道："那帽子是干什么用的?""你们的帽子跟我有什么关系？喝了酒就该给钱才是！"牧师付了钱，走出饭馆。这时第三个牧师说："你看来也没戴对，这次看我来试试。"就这样，第三个人戴上了帽子。

他们来到第三家饭馆。这家饭馆要钱更多。他们美美地喝了一顿。这时戴帽子的那个牧师说："怎么样，够了吧?""够了，弗拉基米尔神父。""那咱们走吧。"他们走到老板跟前，说："怎么样，老板，咱们账目两清了吧?"老板哈哈一乐，说："你们说什么？钱都还没付，就想两清账?""那这帽子是干什么的?""你那帽子跟我有什么相干？你快给钱吧！"

这时他们说："可我们昨天在这儿吃喝的时候，小丑巴拉基廖夫问：'咱们账目两清了吧？'你也说：'快给钱吧！'可是巴拉基廖夫一摸帽子，问：'那帽子是干什么的？'你就说：'清了。'那是怎么回事呢？"老板这时才对他们说："你们要是早给我送来一百卢布，那你们就会没事了，帽子也没事了。"第三个牧师也只好乖乖地付钱。

智救死刑犯

小丑巴拉基廖夫同沙皇彼得大帝同坐一张桌旁聊天。他知道有个犯人已被判处绞刑，沙皇过一会儿就该签署公文。他于是开始活动脑子，并拿定主意要救这人一命。

当时彼得大帝有只受过训练的猫，而且它常待在他的书桌上，不管是否写东西，它总是这么待着。这次巴拉基廖夫捉了只小老鼠攥在手里，他们就这么坐在桌旁聊天。这时有人给彼得大帝送来公文让他签署，说是要对某人处以绞刑。他把公文拿过来，看完后说道："巴拉基廖夫！你说，对这个人咱们该怎么办？""陛下，这我说不好。您说该怎么办就怎么办吧，您既可以饶他一命，也可以不饶他。您饶了他，谁也不会对您说什么；您不饶他，也是不会对您说什么。现在是您说了算。"

彼得大帝提起笔就要签署处以绞刑的命令。这时巴拉基廖夫对他说："陛下，他可是没罪。这是他的天性。""什么天性？""就是说，他本性如此，比如说吧，咱们的猫是受过训练的，但它还本性不改。""怎么叫不改？"

巴拉基廖夫从衣袖里取出小老鼠，放在公文纸上。猫立即扑向老鼠，将墨水瓶打翻，把公文纸也弄脏了，再也看不清上面的字。可猫捉住了老鼠，放在嘴里叼着。这时巴拉基廖夫说："您看见了吧，陛下，这就叫本性。就像那个被判处绞刑的罪犯一样。他本来也不愿干那些事，但本性如此。"

沙皇拿起公文来撕掉，扔进字纸篓里。还签署了另一道命令，让立刻将那个人放了。结果那个人被开释。

绕山包而行

沙皇到正教院①去，小丑巴拉基廖夫也跟着去，因为他是沙皇的侍从。当时沙皇还不知道官员们都在干些什么，而巴拉基廖夫却有所闻。一来公文，他们便阅，阅后上交长官，长官再呈送大臣，可大臣却看也不看，只说上一声："明天再办。"

这件公文于是被压在文件柜里不办。里面已经有了一大堆"明天再办"的公文。巴拉基廖夫未对沙皇披露此事，他只坐下来写了不少纸条，并把纸条贴在每个官员和大臣的背上。

沙皇这下可发现了，问："那是什么纸条？"再仔细一看，才认出是"明天再办"四个字，沙皇问："你们那是什么纸条？"他们纷纷拿下来，才看见是"明天再办"几个字。巴拉基廖夫这时说："陛下，这是他们自己写的，是为了提醒还有不少公文压在文件柜里，而且他们得在明天把所有这些公文都处理了。可这些公文到底也没处理。"

大家看了看柜子里，发现里面不仅有"明天再办"的公文，还有不少压了五个月的。沙皇对此说道："这么办可不行！要是没工夫，可以三天办一次，绝不能压上五个来月。"

官员们恨透了巴拉基廖夫，决定治他一下，把他从正教会里打发走。他们说："陛下，您以为巴拉基廖夫对您忠诚？他也可能背叛您。"沙皇问："他会怎么背叛我？"他们说："您不信咱们可以这么办：让巴拉基廖夫坐在您身旁，再让首席大臣坐在巴拉基廖夫身旁，然后依次坐成一排。"沙皇表示同意，说："那咱们就来试试吧！"

沙皇坐下来。巴拉基廖夫坐他右首，大臣坐巴拉基廖夫的右首。正教会里所有的官员就这么坐成一排。坐在最后边的那个官员站起来捆左边那个一个耳光，那个又捆第三个。最后轮到大臣，他也照样被捆不误（不过他们彼

---

① 正教院：1721—1917 年俄国管理东正教事务的最高国家机关。

此都捆得不重）。等轮到大臣捆巴拉基廖夫，给了他重重一巴掌。最后轮到巴拉基廖夫站起来捆沙皇。

只见巴拉基廖夫站起来说："老爷们，你们说该怎么办：要是有个人骑马赶路，前面有个大山包，而且他那匹马还是匹驽马，可他还得爬上那个山包。他还看见有一条路环绕这个山包，可以绕着走过去。你们说，这时该怎么办？"官员们回答说："既然有路，他那匹马又是匹驽马，当然可以绕山包而行嘛，干吗非要爬那个山包？"

他于是给了那个大臣一记耳光，把他从椅子上打翻在地。官员们又问："你这是干什么，巴拉基廖夫？""我可是问过你们能不能绕山包而行。我这就是绕过了山包。我虽说该打皇上的耳光，但我绕过了。"

蝇　　官

众大臣步步向小丑巴拉基廖夫进逼。他们非要把他赶出正教会不可。可巴拉基廖夫说："我给你们当差多年，从来没干过坏事，今后也不打算干，所以我还是应该弄到个官儿当的。""那你想当什么官？""哪怕就当个蝇官，能管管苍蝇也可以。"

于是，众大臣便把巴拉基廖夫留在正教会里当名蝇官。他把窗户打开，好放更多的苍蝇进来。他还做了个苍蝇拍来打苍蝇。身边还老爱带个小锤子。他整天在正教会里走来走去赶苍蝇，因为他只有这么一点儿权力，别的再也没有。

巴拉基廖夫常常在墙上敲打，借以吓走苍蝇。瞧，有只苍蝇落到大臣的秃顶上，而巴拉基廖夫看来就正等这一着呢。他走到大臣跟前，用小锤子去打苍蝇，口中还念念有词："你这个没教养的，干吗非要往这样的脑袋上落呢？"

大臣们也奈何他不得，因为大家都签过字，承认苍蝇是他的臣民，所以对他的举动无法干预。

"沙皇的乌鸦"

一次，小丑巴拉基廖夫跟沙皇一同去狩猎。他曾捉到过一只活乌鸦，把它的翅膀剪短，让它不能远飞，同时还想借此做做皇上的文章。这次去打猎皇上带的是狗，他却带的是乌鸦。两人一路上边走边聊。沙皇问："巴拉基廖夫，你带上这只乌鸦有什么用？它能捉什么吗？"他回答："我的乌鸦可是比您的狗管用，能捉到更多的猎物！"

沙皇微微一笑，问："那你说，它究竟能捉什么东西？""不过，陛下，它捉到的东西您能给我吗？""给，我绝不会舍不得你的乌鸦捉到的东西。""那好，请您立个字据吧。"沙皇给他立了字据。

他们来到一个有彼得罗扎沃茨克那么大的城市。巴拉基廖夫放走乌鸦。乌鸦从车上蹦到房顶。孩子们都跑来看热闹。巴拉基廖夫冲他们喊道："孩子们，你们快去抓住这只乌鸦，它是沙皇的乌鸦。"孩子们纷纷跑去追乌鸦，乌鸦则从这幢房子飞到那幢房子。而巴拉基廖夫也在车上边跑边喊："抓住它，抓住沙皇的乌鸦！"乌鸦就这样飞遍了全城。

这时巴拉基廖夫说："皇上，您这下看见我的乌鸦捉到什么了吧？"沙皇只好对他说："看见了，巴拉基廖夫！好哇，就冲你的这种聪明劲儿，我也舍得把这座城市给了你。你就留在这里吧。这座城市归你了。以后咱们经常来往。要是有什么事，我就来找你。"巴拉基廖夫就这样留在这座城市住了下来。

"耳背"并不耳背

小丑巴拉基廖夫在自己的城市里住下一段时间后到彼得大帝那里去做客。皇后问他："怎么就你一人来？为什么不把妻子也带来呀？"他回答说："告诉您吧，皇后陛下，我本来也想把妻子带来的，但她耳背，跟她说话得大声喊。"皇后说："她既然是耳背，那也没办法，跟她说话我大声些就是了。""好吧，我下次一定带来，过两三天就带来。"

巴拉基廖夫回到家，告诉妻子说："你知道吗？皇后陛下想叫你跟我上她家去做客。就是她耳朵太背，跟她说话得大声喊。"妻子回答说："那又有什么，我大声喊就是了。""那好吧，咱们走。"

巴拉基廖夫这次把妻子带来了。他把她带去见皇后，说，"皇后陛下，她就是我的妻子！您就跟她聊聊吧，我见皇上去。"她俩于是坐下来一起聊。皇后冲她大声喊："你为什么前几次不一同来呢？"巴拉基廖夫的妻子的声音还要大，她是为了让皇后能听见。只听见各房间都响起一片嗡嗡声。

彼得大帝问："这是怎么回事，巴拉基廖夫，为什么那边声音那么大？"巴拉基廖夫回答说："陛下，那大概是老太婆们在聊天吧。""她们怎么啦，不能小声一些？""我也不知道，陛下。""那好，咱们快去看看，她们为什么要这么大声喊？"

他俩一同去到老太婆那里。彼得大帝一去就问："你们干吗要这么大声喊？"皇后回答说："这是没法子的事。巴拉基廖夫说他的妻子耳背。"而巴拉基廖夫的妻子也回答说："他也对我说是皇后陛下耳背。"他们四人都笑了，开始小声说话。

以上七则栗周熊译

华克仲卡加的故事

(北美洲印第安人)

○⋯⋯○

华克仲卡加是一位猎人型机智人物，出自艺术虚构。其故事有不少是描述他与飞禽猛兽打交道的，流传于北美印第安人聚居区。

○⋯⋯○

智猎北美洲野牛

一次，华克仲卡加正走着，看见一座山坡。他再走近一些，又见一头大个儿北美洲野牛正在山坡上吃草。他登时一声惊呼道："真可惜啊！干吗我把那些箭都扔了呢！要不现在就可以把这头野牛射死吃掉！"

华克仲卡加掏出刀子，割来不少枯草，扎成一个个草人，然后将这些草人摆成一圈，只在一个地方留下一条通道。从这条通道进去便是一大片沼泽地。华克仲卡加把这些事都安排妥后，再回到野牛正在吃草的山坡。

他再靠近一些，大声喊道："嘿！我的小兄弟跑这里来了！它在这里无忧无虑地吃草呢！它谁也不用怕，什么事也不用操心！我在这儿看着它，不让它受别人欺负。"

他对野牛说了这番话，野牛却无动于衷，仍然一心在吃鲜嫩的青草。

华克仲卡加又接着说："你听我说，小兄弟，这一带地方都叫人包围了，就那边还有条通道，现在从那里逃出去还可以有条生路。"

野牛这时才抬起头，等看到确实被团团围住，着实是吃惊不浅。只有一个地方，就是华克仲卡加手指的那个方向，还留下一条通道。野牛于是向那里冲去，结果不消说是马上陷身泥潭。

华克仲卡加很快赶到。他扑向野牛，用刀杀死了它。然后把它拉到树荫里，剥下它的皮。

骑着秃鹫飞翔

华克仲卡加又在路上游来荡去。有一次，他正走着，忽然听见附近传来一种尖叫声。他留心地听了听，抬头一看，见是一只非常大的鸟。这只鸟直接朝他飞来。这时他突然冒出一个念头——当一只鸟也是挺不错的。正当这只大鸟——一只秃鹫——已经来到他跟前时，他对它说："啊，小兄弟！你实在是太幸运了！我多想变成一只像你这样的鸟啊，因为你日子过得挺不错！你听我说，小兄弟，要是可以的话，你让我骑在你背上吧。我很想飞一飞。"秃鹫表示同意，说："好吧。"

华克仲卡加骑上鸟背，秃鹫便吃力地升到空中。他俩飞得很高很高，得意忘形的华克仲卡加一直在不停地叨叨："我的小兄弟，在空中飞可真是太快活了！不，实际上咱俩是在愉快地消磨时光！"

这时秃鹫突然一侧身，疾速地向下落去，吓得华克仲卡加声嘶力竭地喊道："小心，小兄弟！再小心一些，要不你会把我掉下去了！"

这之后秃鹫又平平稳稳地飞了一段时间，华克仲卡加也就不再担惊受怕了。但秃鹫这时正在下面物色一棵有树洞的树，打算跟华克仲卡加开个善意的玩笑。很快便找到一棵这样的树，光秃秃的，连枝叶也没有。他俩再飞近一些，秃鹫把华克仲卡加直接扔进树洞里。

"这家伙真坏！"华克仲卡加喊道，"简直是坏到了极点！我本来还想嘲弄它一番呢，没想到倒让它给算计了！"

蒙骗女人的把戏

过了不一会儿，华克仲卡加仿佛听见附近有很响的砍树回声。

"啪——啪——啪，"他自言自语说，"会不会是有人在那边干活？不过即使如此，他们也未必上这儿来。"

但是，很快华克仲卡加就听到了说话声。这是一伙儿妇女在愉快地聊着天赶路。于是他唱道：

> 我是短尾巴浣熊，
> 我的洞在这里！

一个女人听到了他的声音，说："你们等等，你们等等，这里有人。"

华克仲卡加又唱了起来。最后妇女们已经很靠近了，大家在商量怎样才能把唱歌人从树洞里拽出来。她们开始动手往外拽他，可华克仲卡加只往外伸出一小块浣熊皮的斗篷，于是女人们异口同声地说道："啊呀，这可是只大浣熊啊！"

听她们这么说后，"浣熊"对女人们说："你们既然发现了我的洞，就把衣服脱下来堵住洞口吧，然后你们随便上哪儿好了。只是得快些回来拽我。告诉你们吧，我可是又肥又胖！"

"好吧，我们就这么干。"女人们说。她们脱下衣服，把洞口堵得严严实实，便走开了。

华克仲卡加从树洞爬出来，一下就不见了。等女人们回来，他连影也没有了。

以上三则粟周熊译

科涅沃的故事

（圭亚那印第安人）

◦◦◦◦◦◦◦◦◦◦◦

科涅沃是一个猎手型机智人物，出自艺术虚构。其故事有不少作品是描写他捉弄豹子的，具有独特的南美洲风情，在圭亚那印第安人中广为流布。

◦◦◦◦◦◦◦◦◦◦◦

银 子 树

有一次，科涅沃来到路边，爬到一棵树上，把一些碎银子撒在上端的枝叶上，然后坐下来等候。很快，一个过路人出现了。他从城里来，带着各种各样货物。

"喂，老弟，"科涅沃叫他，"把那支枪卖给我吧。""那你给我些什么东西呢，不能白给呀？"过路人问道。"就给这棵树。"科涅沃说，"你知道这是棵什么树吗？银子树。树上长有不少银叶子，这两天它们正好已经熟透，只要风一吹，待在树底下不一会儿就能捡到一口袋银子。等都捡干净以后，你就回家去等着，下一批又快熟了。"

正好这时微风吹来，树上果真掉下几片碎银子。"你瞧，"科涅沃说，"是不是呀？咱们换吗？""换。"过路人回答。

过路人把枪给科涅沃，还另外给了他两条裤子和一件衬衫，便坐下来等风再一次吹来。科涅沃拿上东西便走了。

又刮过一阵风，但树上什么也没掉下。过路人上去小心翼翼地摇了摇树干，还是什么也看不见。他开始使劲摇，结果也是枉然。这时他才明白上了科涅沃的当。他想去追他，可又谈何容易，科涅沃早已不见踪影。

玉 米 饼

一天晚上，科涅沃来到河岸边，在高耸水面上的一处悬崖上坐下。就在悬崖下边，黑乎乎的深处映着一轮月亮，看上去它的光似是从河底映射出来。科涅沃从口袋里取出一个玉米饼，开始吃了起来。

突然，一只豹来到他跟前。

"你在这里干什么呀，老兄？"豹问。科涅沃指了指水中的月亮，说："你瞧见河底有一只玉米饼了吗？我刚才曾下去够它过来。虽然不能把它够到手，但还是掰下来一块。"说着，他将吃剩的玉米饼拿到豹的鼻子前去晃了晃。"味道怎么样？"豹问。"太香了！"科涅沃说，"给，拿去尝尝吧。"

豹尝了一小口，觉得饼的味道还真不错。

"喂，给我下去把那个饼捞上来。"豹说。"不，老弟。"科涅沃回答，"这次该你下去了。我是够不上来的。我只要下到河底，水马上就把我托出水面。这样吧，我往你身上绑一块石头，这样你很容易就能潜到河底，把那个饼捞上来。你等一等，我这就去搬块石头和弄根藤条来。"

科涅沃不知从哪儿搬来一块又沉又重的石头，用藤条结结实实地绑在豹的脖子上，好让它不能用爪子弄掉，最后说："现在嘛，老弟，你可以去捞那个饼了。"

说着，他把豹从悬崖上推下去。豹扑通一声掉进水里，活活给淹死了。

枯 枝

有一次，科涅沃爬上一棵有很多气根而倾斜的枯树。豹来到他跟前，问："你在这儿干什么呀？"科涅沃回答："老弟，这棵树是一条很好的板凳。

怎么样，上来跟我排排坐吧！"

豹向他爬去。科涅沃指给它一棵枯枝，让它坐在上面。而他自己坐在旁边的一棵青枝上。豹爬上枯枝，刚坐下来，树枝就折了。

豹往下掉，四只爪子卡在气根之间。"你怎么这样快就下去了呢？"科涅沃说，"我是要你坐在旁边的一棵树枝上，而不是那棵。"而豹弄折了腿，正在下面疼得直嗥呢。

科涅沃爬下树，说："好吧，我来帮帮你！我来把你拽出来。"他从后面靠近豹，去抓它的阴囊，然后挤破它的卵子，把豹活活地弄死了。

豹接蜂窝

一次，科涅沃看见树枝间有一窝蜜蜂，便在这棵树底下坐了下来。豹来到他跟前，问道："你在这儿干什么呀，老兄？"科涅沃回答："我在吃蜂蜜。""好吃吗？""好吃极了。"科涅沃说，"你也可以尝尝嘛。"

科涅沃真的用个小葫芦带有少量的蜜，他往豹的爪子上倒出一小滴。豹尝了尝，发现味道还真不错。这时科涅沃说："我想伐倒这棵树，就请你帮忙扶一扶吧，千万不能让蜂蜜洒出一滴。树只要一开始往下倒，你就去接住蜂窝，不能让它掉在地上摔碎了。"

豹赶忙去扶树，科涅沃便开始伐。树快要倒的时候，科涅沃冲豹大声喊："老弟，树要倒了！快去接蜂窝！"豹摊开爪子，要去接蜂窝。树倒在它身上，把它砸死了。

科涅沃问："怎么样，老弟，你接住了？"豹一声不响。科涅沃看见豹已经死在树下，便向它走去。"喂，老弟，"他说，"原来你死了呀！喝够蜜了吗？这棵树把你给砸死了。哼，也是你罪有应得。我可走了。"

给魔鬼剃头

科涅沃回到家，剃光了头，然后拿上气枪到森林里去坐了下来。魔鬼来到他跟前，问："你在这儿干什么呀，老弟?"科涅沃回答："我想打些东西来吃。""那你是用什么东西给自己剃头的呢?"魔鬼又问。

科涅沃让它看了比拉鱼的尖牙利齿，说："就用这个东西。""那请你也帮我剃剃吧。"魔鬼说，"我也想跟你一样剃个光头。"

科涅沃让它坐下。他把魔鬼毛发四周的皮剥掉，把毛发连同头皮削下来，扔到一边，然后从一个小瓶里倒出辣椒粉，撒在它头上。

魔鬼疼得发疯似的跑了，科涅沃则回了家。

以上五则粟周熊译